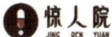

有人自林中坠落

蒲熠星 著

四川文艺出版社

图书在版编目（CIP）数据

有人自林中坠落/蒲熠星著. -- 成都：四川文艺出版社，2023.8（2024.7重印）
ISBN 978-7-5411-6680-8

Ⅰ.①有… Ⅱ.①蒲… Ⅲ.①幻想小说 - 中国 - 当代 Ⅳ.①I247.5

中国国家版本馆CIP数据核字(2023)第121724号

YOURENZILINZHONGZHUILUO
有人自林中坠落
蒲熠星 著

出 品 人	冯　静
策划机构	惊人院
总 监 制	杨天意
特约监制	郑眠眠　金子息
责任编辑	邓　敏　王梓画
策划编辑	小　赵　萧　萧
责任校对	段　敏
出版统筹	孙三三　陌　寒
营销发行	王　超宇　文王岩
图书设计	子　寻　阿　飘　怼　怼

出版发行	四川文艺出版社（成都市锦江区三色路238号）
网　　址	www.scwys.com
电　　话	010-85799975
印　　刷	四川华龙印务有限公司
成品尺寸	145mm×210mm　开　本　32开
印　　张	7.5　　　　　　　字　数　150千字
版　　次	2023年8月第一版　印　次　2024年7月第十七次印刷
书　　号	ISBN 978-7-5411-6680-8
定　　价	58.00元

版权所有·侵权必究。如有质量问题，请与惊鱼文化联系更换。010-85799975

目录

零　　001

罪

壹　　005
贰　　019
叁　　037
肆　　052
伍　　069

债

陆　　089
柒　　104
捌　　120
玖　　134

被梦见的人将于深红梦境之底惊醒

壹零	155
壹壹	171
壹贰	187
壹叁	199

坠落

壹肆	213
壹伍	223

致我的读者

 零

当黑夜在转瞬之间坠落，人们总会忘记黄昏曾悬置了多久。

大山深处，暮色四合于山谷，直到树尖最薄的枝叶也透不过一丝阳光，仿佛一缸黑色颜料吞没了整块画布，盖住了村庄。

阴风过境，吹亮了村头一户人家的油灯，这是此刻整个村庄唯一的光源。黑暗步步紧逼，终于围困住这间小屋，在屋外虎视眈眈。

老人高大的身躯和小屋格格不入，他坐在床上，修长的四肢蜷缩起来，眼睛死死地盯着屋顶的一角。火烛遗漏掉了那角黑暗。

还是进来了吗？

又是一阵风吹过，本就瑟缩着的男孩使劲往老人的怀里钻。火烛开始摇曳，烛芯燃烧与蜡油熔化的焦味溢到空气里，搅乱了屋外的夜色，但那一角的黑暗始终纹丝不动。

老人不敢眨眼，头微微向后仰去，灰白长发顺势而泄。他想逃离那个角落，但烛光的范围不允许他这样做。他只能继续和看不见的黑暗对视。

"你没有选择。"

老人低头，看了眼怀中的孩子，仿佛这是最后一眼。孩子已

然熟睡，丝毫没有察觉到这场以他为中心的战役正在发生。

与火烛拉锯的黑暗终于被激怒了，像蛇一般开始蔓延，油灯渐渐燃尽，黑暗终得以蚕食老人的身躯。老人将孩子缓缓托起，他的手臂以诡异的角度弯折，肌肉逐渐绷紧，指甲延展，深深嵌进肉里。

一下，两下，三下。

他的下颚开始规律地左右摆动，极其轻微的"嘚嘚"声在寂静中被无限放大。他的脸随之扭曲变形，像一台布满铁锈的机器忽然被启动。他的喉结上下翻动，令人感觉下一刻就要从喉咙中跳出来。

孩子的双腿悬在空中。

 壹

那天,我被出版社催稿的人工闹铃吵醒,挂了电话仍有些困意。

我低头看向手机,屏幕还亮着,显示12:38,上午又没了。我叹了口气,打开音乐软件随机播放每日推荐,屏幕上却弹出:"尊敬的用户,您的会员已到期,现在为您播放的是试听部分,想要解锁全部内容,请续费会员。"

拉开窗户,阳光瞬间倾泻进来,填满了整间屋子。我有一个理论:睡觉才是今天和明天的分界线,睡着代表今天结束,睡醒代表明天开始,所以我只需要两步,就能凭空偷到很多时间——第一步是熬得够晚,第二步是起得够早。

可惜,我总是败在第二步。

我是一个人类学科普作家,这个职业听上去虽有格调,但挣不了多少钱,不过吧,从我们这个专业毕业后,能有一份糊口的工作已经相当不错了。尤其像我这样对口就业的人,还经常能被辅导员邀请回学校开讲座。

大学时的我,是校园里最常见的学混子。被调剂到人类学专业时,我不仅丝毫不沮丧,反而迅速发现了冷门专业的好处,

譬如老师们大都很善良，只要你论文不抄、卷子填满，即使满篇都是胡话，也能酌情送你个及格分。幸而我虽然不爱学习，但从小爱看闲书，文笔不错，考试往往都能踩着线过。

于是我就这么风平浪静地混了两年，直到大三那年上了一门选修课，叫《少数民族祭祀仪式的对比研究》。课名高深莫测，实际上由PPT和纪录片组成，但这门课的签到率却是整个学院最高的，因为助教学姐温柔有趣又美丽。碰到教授出差时学姐代课，还会吸引其他学院的人来旁听。

学姐去柬埔寨做过田野调查，学姐以前是研究语言学的，学姐年纪轻轻已经发了好几篇论文……大家对学姐的事迹都如数家珍。对此我当然表示强烈鄙夷，尤其是当那几个原本约好去网吧过夜的混子室友们拿着笔记本拦住学姐，以讨教问题之名讨要微信的时候，我简直耻于与他们为伍。

但这门课改变了我的一生。

我竟然在这门课上拿到了90分。

室友们纷纷表示会不会是分数给错了，甚至还有臭不要脸的以此为话题跟学姐发微信搭讪，这导致我在当晚收到了学姐的微信好友添加请求。

"你好，我是助教林寒。"

"学姐好！"

"分数没给错哦，虽然期末论文不太合规范，但能看出你问题意识很强，角度选得不错，写得很有意思。有考虑以后做学术吗?"原来学姐是来帮她导师挖人的。

吃过几次饭以后,学姐看穿了我的学混本质,却依然鼓励我从事人类学科普写作。我至今都清晰记得她的原话:"人类学总让旁人觉得枯燥,但你可以把生冷的专业知识讲得有趣,还能让人听明白,即使你不爱学习,也不要浪费了这种神奇的能力。"

少年心气啊。虽然素来胸无长志,但在得到女神学姐的赞许后,忽然之间,我就觉得那些乏味的人类学纪录片变得有趣起来。

我将那些无聊的论文和纪录片重新解读,发到网上,吸引到了我的第一批读者,大众喜欢这种低门槛的故弄玄虚,可能这满足了他们一种虚幻的成就感——"今天又掌握了一些无用的新知识"。

大三大四的时候,大家都忙着考研考公找工作,而我忙着鼓捣我的人类学科普系列文章,只有这样,我才可以心安理得地发新写完的文章给学姐看。学姐总会提一些意见,我发到网上时就会在文章末尾加上一句"谢谢她的帮助"。读者们都在前排问"她"是谁,我从不回答。

那是一段忙碌却又快乐的时光,码字很苦,但得到她的回复却很甜,等待她回微信的那些琐碎时间,填充着我学生时代里所有的悸动。

毕业那年的夏天,我应邀和学姐一起去西南民族某地做了田野调查，那是我最后一次见她。

离校没多久，我就签约了出版社，一年前，出版了第一本书《你永远搞不懂的人类学家》，扉页上写着"致敬那些了不起的人类学家"。那天，我给学姐发了最后一条微信：我第一本书出了，想寄给你看看。

她一直没有回复。

打开微信，我又瞄了眼置顶，仍然没有任何红点。

我叹了口气，睡意全无，起身去客厅冰箱拿昨天没吃完的外卖。

电视里充斥着廉价特效的仙侠剧。一道紫光正中一位大叔眉心，大叔口吐鲜血，捂着胸口倒在血泊中，边上一位青年伸手大喊："父亲！不！"

我瘫在沙发上，微信里的几个游戏群正讨论得热火朝天。我滑过它们，看到我的另外一个置顶，备注名是"爸爸"。他的头像是一块黑色。微信页面显示，他的最后一条回复是"恭喜你"。

我从没见过他。

应该就是那个年纪，同学们去动物园时，都骑着父亲脖颈以获取更好视线，我忽然意识到，我的家庭组成似乎缺了一角。

我问母亲这是为何，母亲只说："他死了。"

再后来，她开始禁止我在家讨论和父亲相关的所有话题。

正是这种阻力，让我相信父亲一定还在人世。不过，在我的脑海中，他的面目如同影视形象和梦中残影的集合体，模糊到变成了失焦的噪点。时光飞逝，我不再奢求接下来的人生中能获得与他有关的任何消息。

所以，当他有一天主动联系上我时，我才会过于惶恐而显得无所适从。不过，即使隔着网络，我还是能听出父亲对我混子人生的支持，那是一种完全站在母亲对立面的形象。

总要再见他一面的，我这么想着。

我打开微信，看着父亲的头像，一个字也打不出来。

片刻后，我飞快地输入"我想见你"，按下发送键，立刻锁屏，把手机放回了兜里。

手还没来得及从兜里抽出来，手机就振动了。

我深吸了口气，拿出手机。

对面回了一个字。"好。"

"在哪见你比较方便？"我咽了口唾沫。

头像框边上一直显示"对方正在输入"，指尖开始发麻——我这才意识到自己捏着手机太过用力——足足半分钟后，"正在输入"的字样消失，手机却像哑了的炮仗，没发出任何声响。

我刚发出一个问号，手机突然振动，对面弹出一个地址。

父亲的对话框越过学姐，成为置顶中的置顶。

我知道自己该去哪了。

......

我无数次设想过此时的心情，但我没想到会是困惑。

父亲给我的地点是这里吗？

我抬头看到了蓝色的天空，高远处的阳光透过云层间隙形成一条条光柱。我正处于一片森林里。树木像我的侍从，自觉地跟我保持着距离，为我腾出一片空地。空地上的草丛没过脚踝，带来一丝痒意。我低头细看，原来我正站在一条被踩出来的小径终点，我的面前，是一间二层小楼。

如果你去过南方小镇，你一定见过田野间簇立的一丛丛自建房，杂乱又别致。

但这里只有一间。

从外观上看，它像是尚未完工的毛坯房。外墙涂着乳白色的漆，大门两侧各置一根巴洛克风格的立柱，门和窗户尚未安装，只预留出洞口。门洞四周贴着红色的对联，对联上的内容已经涂黑，即使之前写过字，现在也辨认不出了。

多年来观看恐怖片的经验，如同警铃一般在我脑中大作——贸然进入这栋房子无异于作死。我绕着房子走了一圈，阳光正好，透过窗洞与门洞，可以看见屋内的格局并不复杂，准确地说，是没什么格局可言，这就是赤裸裸的大平层，没有什么能够潜藏危险的阴暗角落，警铃终于不再作响。一层的中心处摆了一把木椅，如果人坐上去，就会面朝门口，一根灯绳悬置在木椅上方。除此之外，这层再没有其他家具了。

我走进去转了一圈,并没有得到比我在屋外观察时更多的信息,但我也进一步确认了一个事实:这的确是一栋二层小楼,却没有上二楼的楼梯。二楼墨绿色的窗户紧闭,看不到里面的格局。

我的注意力又回到那把木椅上,它好像是这里的中心,好像这间小楼就是为了它才存在于此。我坐在木椅上,正对着门口,看着通向外部世界的小径,伸手刚好能够到那根灯绳。

我细细打量着手里这根灯绳,它的确跟我见过的所有灯绳都没什么两样。我想,这里还是有一点暗,如果还没做好离开的准备,我最好先把这里点亮。

"咔嚓"。

灯绳的触感从我手中消失,连同我眼中明亮的世界一起。

中学时,每当老师在教室里用投影仪播放课件,我总是会望着投影幕布发呆,幻想有一头怪兽从投影仪里窜出来。我们生活在一个平衡的世界,怪兽出现意味着平衡会被打破,除非有英雄出现,才能让天平不至于坍塌。我的走神和上什么课没有关系,无聊的课会,有趣的课也会,躺在足球场的草坪上看天时会,坐在公交车上看着世界从我眼前掠过也会。我希望出现一些什么事情,能把我从这些无聊的日常当中拯救出来,无论什么也好,因为我注定要做特殊的事,成为特殊的人,我只是被困在了这副躯壳里而已。

现在，这副躯壳坐在屋内唯一一张板凳上，维持着开灯的姿势。

光线很暗，我适应了一会儿，大约能辨认出这是一个不足十平方米的房间，硬要举例的话，像是一间牢房。举架不高，看起来像是木质结构。空气不流通，有一点淡淡的霉味。我站起来，看到唯一的门上，与我视线平齐处，有一方窗棂，光源就来自棂栏之外。

我凑过去看了看，门外是一条向两边无限延伸的走廊，每隔十米左右分布着一扇相同的门，只有我正对面的门里亮着光。那是这个地方唯一的光源。

里面有人。

哦，对了，我是来找父亲的。

我诧异于自己此刻的冷静，不知是因为我心底一直渴求着某种奇遇，还是现实世界本就足够荒诞。这种光怪陆离的处境下，我的精神状态竟然还足以允许我仔细观察周围的环境，甚至还走了会儿神。

虽然我所在的屋子窗户很小，但还是能大致看到对面屋子的全貌。地上正中间放着一盏古朴的油灯，一位身着长衫的老者盘腿坐在地上，即使是这样的姿势也能看出他很高大，但并不强壮，布满皱褶的脸藏在杂乱的白发里，双目紧闭，表情安详，像在熟睡着。而他怀中抱着的男孩，五六岁左右，正睁着眼好奇地打量着四周。

孩子明显看到了我,短暂对视之后,我还没来得及打招呼,他就皱着眉头扭头看向老者,同时往老者的怀里缩了缩。

这孩子怕生。

我敲了敲门,试探性地喊了几声,声响在空寂中回荡,那老者却不闻不问,连孩子都没再侧过头,像是我的声音根本不能传到他们所处的小屋里一样。由于得不到外界的回应,我不得不开始考虑自己的处境。

我确定我不是在做梦。

我只是想开灯,却来到了这个地方,是因为什么?

那根绳子不是灯绳?我误触了某种机关?我现在是在小屋的地下室?我想起自己和朋友们曾玩过的密室,难道是一个恶作剧?

或者像电影里常见的剧情,我其实是一个不自知的超级富二代,现在我那富可敌国、抛家弃子、病入膏肓、良心发现的父亲设下了重重考验,来测试我是否具备继承资格?

眼下的目标是搞清楚自己在哪,然后找到离开这里的办法。

然而,不管是我身处的房间,还是对面的房间,我探头探脑找了好久,连一个可能藏着机关的道具都没看到。我把鼻尖贴在棂栏上,在走廊里搜寻可疑的痕迹,蓦然发现,对面房门前的阴影不太正常。

屋里的油灯是唯一的光源,火烛纹丝不动,为什么门外的阴影却在晃动？

我的第一反应很奇怪——这些阴影是有生命的，它们好像在试探着从门窗里挤进去，但油灯阻挡了它们。

就在这时，整齐的脚步声自走廊尽头传来。循声望去，一支麻白色的队伍向我走来。领头的人举着四四方方的相框，相框和队伍中每个缓步前行的人一样，皆披麻戴孝。队伍两侧的带头者，一个举着幡，另一个手握提灯。那白幡极高，以至于幡尖总能刮到走廊顶部，就像有轨公交的两根大辫子。

他们的步伐很僵硬，像默剧演员一样，似乎怕踩到什么啃噬脚面的怪物，一步一步，领头人掠过木门，队伍中端与我平行，我能看到他们的侧脸，眼眉低垂，表情悲戚又麻木，但没有人流眼泪。

我寒毛耸立，头顶如灌冰水，身体似乎变得和他们一样僵硬。我的求生意识，战胜了我的自欺欺人，让我迅速认识到，这些人，绝不是假人。我从头到尾都没有任何失重感、坠落感、摇晃感，没有听到任何机关的响动，身体的任何部位都没有挪动过一寸。

我只是拉动了那根灯绳而已。

这像是一支送殡的队伍。人人都戴着麻白色的蓑帽，脸上还涂着日本艺伎似的白粉，油灯的光影在他们的脸上和墙上诡异地跳跃着。但我没有看到棺材。

队尾的麻白色和油灯的光亮一起隐匿于黑暗，从走廊这头到走廊那头,队伍用了五分钟。自他们出现,对面木门外的黑暗生命力好像更加旺盛,铆足了劲要往窗户里钻。

不知何时,老人已经睁开了双眼,他用力瞪大眼睛,直勾勾地盯着前方,脸上还是没有任何表情。没有风,但屋里的油灯开始晃动。

脚步声又从左边响起了。招魂幡、相框、队伍,一切又重来了一次,就像没有观众的午夜电影院,一遍一遍循环播放着古早的录像带,我和门外的黑暗成了观众。我比较安静,黑暗却不太安分。

我看不出走廊是否有弧度,从队伍在我视线里消失的角度来看,我觉得这是一条笔直的走廊,我不知道这个队伍是怎么在这么短的时间内又回到了起点。

三五次后,我几乎能肯定他们是同一批人,至少从外貌上来说,因为我认清了好几个人的脸。打幡的人是张国字脸,眼睛很小;队伍中间有个发髻相接的壮汉;队伍最后的是一个女人,她的眼睛比其他人都红。

信息,我现在需要信息。

既然这支队伍出现,那他们显然和对面的老人和孩子一样重要,如果他们是送殡的队伍,我至少应该先搞清楚,他们到底在给谁送殡。

下个循环到来,我把注意力集中在相框中间,奇怪的是,那不是单人照,而是一张合影,里面的每张脸我竟然都有些眼熟。

这些人是根据我的记忆生成的吗？这个世界是依托我的意识构建的吗？他们是我曾经见过的人？又或是擦肩而过的陌生人？

我抬头看到那张国字脸，头皮狠狠麻了一下。

……合照上的人就是他们自己！

他们在给自己送殡。

我退后半步，等队伍走远，我又看向对面的屋子，确认了老人和小孩并没有出现在合照里。老人仍然空洞地盯着前方，我跟小孩的视线又撞上了。这一次，小孩没有移开自己的视线，他抬手指着我。

我喊了一声，小孩和老人仍然没有对声音做出任何反应，我挪动了一下，发现小孩并不是指着我，而是指向我的身后。我的脚踝开始发痒，感觉有人在看着我的后背。

长吸了一口气，我猛地转身。

房间里当然只有我一个人，但身后的墙上出现了文字。

我明明记得之前观察过这面墙，是没有字的，但我现在也不太确定了。

比阴影更深的黑暗从墙脚蔓延到了墙面，像是某种霉菌，我总感觉它们在蠕动，可能是在昏暗的场景里待了太久。直觉让我不要去触碰它们，况且它们想要告诉我的信息我已经知道了。

"关灯"。

这是墙上出现的文字,也是小孩抬手指着的信息。关灯,就能离开这里?

穿越的直接原因,是因为我想在那间小屋里"开灯"。那根灯绳是连接另一个世界的媒介?所以关灯的意思,难道就是找到那根灯绳再拉一次?但我刚才已经找过了,这里根本没有灯绳。

我望向对面,这个距离,我不可能对那个房间内的油灯做任何事情。

脚步声再次响起,送殡队伍的循环又一次开始,屋外的黑暗伴随着路过的油灯又开始变得疯狂,几乎就要渗入对面门内。

这是这个世界里的第二盏灯。

很显然,屋外的黑暗并不服从光学原理,所以它不是简单的阴影,如果像它蠢蠢欲动的那样,它是在试图入侵对面屋子,我是不是应该阻止它。每次队伍经过,第二盏灯的出现好像都会进一步激怒黑暗,所以,关灯应该是阻止黑暗,保护屋内二人的关键。

我双臂一齐发力,掰下一根棂栏,等待着下一个循环。

无论如何,关灯都是我现在要做的第一件事。

我从窗棂的缺口间探出手臂,用握住的棂栏直直刺向那盏提灯,长度刚刚好。

灯灭了。

队伍瞬间停住。

接着,他们每个人都缓慢地扭过头来看着我。即使逆光,我还是能辨别出他们的嘴角都向上勾起一个弧度,虽然不愿意承认,但他们在笑。

我左手捂住自己的嘴,右手死死握住窗棂挡在我和他们之间,和他们对视。

下一秒,对面屋内的灯光开始剧烈地晃动,并爆发出刺眼的光芒。门外的黑暗鱼贯而入。老人的喉咙深处发出阵阵呜咽。

在灯光的频闪里,老人将孩子缓缓托起,他的手臂以诡异的角度弯折,肌肉逐渐绷紧,指甲延展,深深嵌进肉里。

一下,两下,三下。

他的下颚开始规律地左右摆动,极其轻微的"嘚嘚"声在寂静中被无限放大。他的脸随之扭曲变形,像一台布满铁锈的机器忽然被启动。他的喉结上下翻动,令人感觉下一刻就要从喉咙中跳出来。

孩子的双腿悬在空中。

我看不见孩子的头颅。

最后,老者将孩子举过头顶,开始撕心裂肺地大叫。我不由得捂住耳朵,喉咙里也发出低吼,像是在和那惨叫对抗。

下一秒,油灯突然熄灭,整个世界完全陷入黑暗和死一样的寂静,只听得到我的心跳和喘息声。

我松开耳朵，双手握紧窗棂挡在身前，睁大了双眼。我只看得见黑暗，和这片黑暗正在蠕动的错觉。

"咔嚓"。

这是熟悉的清脆机关声。

对面房间的油灯亮了，一切都恢复了最开始的模样。我的房间和对面房间的门打开，送葬的队伍不见了，老人和小孩也不见了。灯灭前的最后一个画面里，在老人将小孩举到的位置上，出现了一根灯绳。

我不记得我等了多久。可能等了五分钟，确定再没有脚步声响起。也可能等了二十分钟，也可能一秒都没多等。

我冲出去，跑进对面的屋子，拉动了绳子。

贰

在拉动灯绳的一瞬间，我的胃轻轻扭了一下，那是轻微失重的感觉，就像有时候半梦半醒之际，身下一空，膝盖一抽，我们就从梦境中被抛回现实。

我终于感受到阳光，并不强烈，像蒙了一层滤镜，像是在梅雨季的阴天午后。首先映入眼帘的是一面落地镜，看到玻璃制品，我多多少少产生了一种回到现代的错觉和亲切感。

镜中的我已经换了一身装束，衣裤配套，印着深色条纹，衣领熨帖平整，衣襟处挂着怀表，裤脚考究地扦着，很合身，介于正式和休闲之间。我从来没穿过这样的衣服。

左侧是一个衣柜，里面只有两个空的衣架在微微晃动，像是刚刚有人从上面将衣物取下。右侧是两扇外开的窗户，向窗外看去，近处是红砖灰瓦错落的弄堂，晾衣绳上挂着湿答答的汗衫和内衣，市井气蒸腾，倾斜的木杆支撑着交错的电线向远方伸出，顺着它看向远方，蒸汽时代特有的半高楼房错落有致，填满了灰蒙蒙的天际线。

这绝不是属于我的时代。

转过身去，我又看到一张毫无特点的床，一套毫无特点的桌椅。我曾经是一档密室逃脱综艺的忠实观众，我努力回忆起那个节目里玩家们做过的事，有个玩家曾经说过"密室就是找门找锁找钥匙"。想起他的话，我开始四处翻找，笃定会像他一样最终能找到那把钥匙。

桌面上摆放着一支钢笔和一个笔记本，笔记本封面新得就像刚拆完塑封一样，翻开一看，只有第一页上面胡乱地记载着一些没有规律的数字、图形和点线。

通览全屋，我看到了吊灯，没有看到开关。一根线连接着吊灯和一个墙上的黑色塑料盒，那里原本应该有一根灯绳。

我现在又被扔进了一个陌生的世界，可能还会有下一个。像上一个世界一样，我必须要找到来这里的目的，或者完成某项任务，届时应该就能找到那根灯绳。

如果那真是一根灯绳，那它可能真的连接着一盏藏在某个世界某个角落的灯。灯灭，我就能离开这个世界。

想到这里，我隐约觉得不太吉利。

但仔细想想，这样的经历我也并不陌生。我不就是这样出生的吗？现实世界，就是最陌生的世界；活下去，就是最大的目的。幼年时的我一度以为自己是最特殊的，其他人都是提线木偶在陪我演戏，在一个虚构的世界里，我是唯一的玩家。后来我长大了，我意识到其他人不是提线木偶，但我仍然是特别的，因为每个人都是特别的，因为我和每个人一样，都有属于自己的目的。

有人曾这样形容雕塑——当雕塑家看到一块大理石的时候，他就知道，那个被他雕刻出来的艺术品已经在里面了，他只是把它找出来而已。

我们的目的已经在那里了，我们只是要把它找出来而已。

找出来，因为我就存在于其中。

我翻找桌下的抽屉，得到两张倒扣的纸。一张是三十二开的，翻过来看，是一张繁体字的身份证明，年龄25岁，来自仓沿县，一个我完全没有印象的地名，最重要的姓名和职业两栏都被涂黑了，还有一块斑驳到看不清内容的红印很随意地印在纸上。

证明上印有半身照，并不是很难认，是我。唯一不同的是，照片上的我右脸颊上有一块不大不小的胎记。起初，我以为那是沾染上的泥尘，或是印刷工艺导致的污点，可怎么蹭都蹭不掉。我盯着照片又看了一会儿，立刻跑到镜子前照了照。

不是泥尘或者污点，现在这块胎记就在我的右脸上。

确认了这一点之后，右脸颊上便生出一种异物感，一种再也无法忽略的异物感。不疼，有一点痒。

我凑近镜子，用指肚抚摸脸颊，并没有凸起或疤痕的触感，就只是一个褐色的色块。我用力搓了搓，色块没有晕染。

抽屉里的另一张纸是一张定期租约，租赁对象是这间位于二层的阁楼，租期三个月。

窗外传来嘈杂声，我将头伸出窗外，看到几个穿着考究的人，有人手里握着一叠厚厚的纸，有人手里拿着浆糊桶和刷子，他们刚把纸贴在电线杆上，街坊四邻就围了上去。

说不定，线索在屋外。

我推门，门并没有开，只是传来一阵金属碰撞的呜咽。低头细看，门环这头竟然挂着一把古朴的铜锁，上面显示需要四位数字密码。我抬头环视整个房间，没有暗门存在的可能性，这是唯一的门。

我蓦地想到了笔记本第一页的内容，那是房间里唯一的符号提示，那一堆鬼画符里也许藏着开锁的密码。找到密码就能开门。我突然有点想笑，感觉自己仿佛在录那档密室综艺。

我来到窗前，向下看去，雨棚上积存了不少水，位于二层和一层的窗户之间。

脸颊上的痒意又冒了出来,我不耐烦地挠了挠,见邻人的目光都被电线杆上的内容吸引,我从另一个抽屉里翻出一把硬币,回头看了眼密码锁,一个翻身便跃出了窗户。

弄堂确实不高,我借着雨棚落到地面,一股烟火气扑面而来。

站在人群后面,我踮起脚,电线杆上贴着一张告示,内容如下——

告示

依上峰通知,本县即将开展黑户清查行动。非本县居民尽快离开,身份异常者需主动上报处理,偷渡者、藏匿犯和未缴人头税者尽快投案。凡无身份证明者均将受重罚,轻者驱逐,重者劳役,胆敢有人不配合工作,可当街行杖。

我的身份证明就在抽屉里,虽然看不清名字,但那起码说明我有个名字。所以无论是真的查黑户还是搞传销诈骗,都跟我没什么关系。

回头看了一眼,雨棚旁边放了架梯子,接触雨棚和地面的位置都锈迹明显,显然短时间内不会移动,嘿嘿,想回去也不用走门了。果然，要密码才能开门这种牵强事，只会存在于综艺节目里。

既然出来了，就索性溜达一圈。我离开弄堂，来到大马路上，眼前豁然开朗。市井更加嘈杂，门扉的开关声，路人的交谈声，商贩的叫卖声，都随着两侧铺子的炊烟扶摇直上。雨似乎刚停没多久，青黑色的石板路被雨水浸润后像铜镜般泛着光，车轮轧在上面，发出了某种类似马蹄的哒哒声。车水马龙的大街上交通工具种类繁杂，有黄包车，人力自行车，发动机像涡扇一样置于链条上的电助力自行车和引擎盖顶着个大鼻子的四轮车。正值换季，熙来攘往的人群穿着不一，有布衣短衫，有麻布长衫，有西装革履，还有呢子大衣……

这是一个古老与现代相接、东西方文化相撞交融的复杂时代。

我在路边驻足，很快便有一辆搭客的车停在我旁边，车后面是类似黄包车的斗，前面的驱动力却来自电助力自行车。

车夫身材粗短，包着头，穿着无袖的坎衫，肩膀上还搭着一条毛巾，初秋的天气虽然不冷，但也没见其他人穿这么清凉，我仿佛看见一股热气自他的身躯蒸腾而上。

"少爷，您搭车？"

我本想前往县中心那几座蒸汽大楼的所在地，可坐进车斗后，我却改变了主意。

"咱这个县城是有门的吧？"

"瞧您这话说的,有城墙,当然有城门了。"

"那就去最近的城门。"

车动了,微风起,车铃叮当作响。湿气打在脸上,我的右脸颊总有种过敏的感觉,我使劲揉了揉,感觉快把皮肤都搓红了,才有所好转。

车辆在人群密集的棚户区之间穿梭,到了一处遍布洋房和园林景观的开阔地,路过了铁轨和石板交错并行的运输道路,远远地甚至能在建筑的尖顶之间看到船舶的桅杆,终于,建筑逐渐稀少,平房零零星星穿插在未开垦的土地间,我探出头去,影影绰绰地看到了一个黑压压的巨物。

这是一座城墙。恍惚间我感到了一种失真感,远眺近望,好像都认不出它的用途,看不尽它的全貌,直到城墙投下的黑暗彻底将我和车夫覆盖,我们被身着制服的高大男子拦在门前。

"戒严了,城里要清查黑户,除非有要紧事,否则严禁出入。"

我倔劲上来了,"我要是说有要紧事呢?"

对方阴阴地笑了一下,露出满口黄牙:"上头说了,谁有要紧事,谁就是黑户,你有要紧事吗?"

我只好回答说没有,然后招呼车夫打道回府。刚调转车头,黄牙凑到车前:"你的脸,不应该是这样的,找大夫看一下吧。"

我没回话,车越来越快,时间似乎也变快了。不多时,我就回到了那个一回生二回熟的弄堂里。我没想明白黄牙那句话是什么意思，也不知道该给车夫多少钱，就把身上硬币的一半都给了他。他也没推辞，收下便离开了，表情没有变化，看来给的挺合适。

琢磨着黄牙那句话，我环视了一圈弄堂，好像有些不对，又不知道哪里不对。

我来到雨棚前，准备翻窗进屋。

那架梯子不见了。

不止梯子，就连我特意观察过的锈迹都消失了。

我心里一急，使劲搓了搓脸，先是某种撕破伤痂的脱落感，接着就感到液体涌出皮肤。我赶紧看了看手掌，预料中的血迹并没有出现，再按压胎记的位置，瘙痒和不适一齐消失了，就好像它们从来没有出现过。

从一层的窗口看进去，屋内昏暗，简单的一室一床，布景陈设一派生活气息，空间上没有死角。除此之外，我还在墙壁上看到一张单人照，女人很年轻，略显矮胖，气质朴实。

看来，她就是我的房东，这女人姓王。

我在邻里间打听了一番，女人白天一直在外打工，深夜才回来。这样一来，想回屋只能另想方法了。

我再次回到大街上，盯着来往的人群，不少人在举着自制的纸板来回穿梭，有打短工的、有除虫的、有抹灰的……终于，我看到一个身形有些伛偻的中年男人，他举着的牌子是

"开锁"。

我的眼神刚和他对上,他就笑呵呵地凑了过来。

"少爷,您开锁?"

第一次从车夫口里听到"少爷"二字时,心里还有些愉悦。现在我才意识到这两个字在这世界里也不怎么值钱,就像每次去不同理发店里都会听到的"帅哥"一样。

我把他领进弄堂,大门一般不锁,穿过一条遍布杂物的短廊,路过一楼的房门,走上昏暗的楼梯,就来到我的屋门外。

"锁在里面?"锁匠狐疑地看了我一眼,"你是房主吗?"

呵,连称谓都变了。

"能不能开?不能开我换人了。"我作势要往外走,对方赶紧将我拦住。

"开肯定能开,可你得先证明一下吧?要是帮你开了别人家的门,咱俩不成共犯了?"

我指了指门缝:"身份证明,定期租约,都在里面。"

锁匠点点头,从随身携带的布包里掏出粗细不一的铁丝和线,蹲在门外一顿操作。

"嚯,还是密码锁。"

"有困难吗?"

"密码锁也好,钥匙锁也好,那都是表面文章。"锁匠胸有成竹,"对我们来说,所有的锁都是一样的。"

一根烟的工夫都没到,门缝处便响起了影视剧配音常用的那种"咔哒"声,锁匠把工具抽出,门应声而开。

我一步迈进去,检查起那把铜锁,上面的密码还是打乱的状态,跟我走之前一样。看来他说得有些道理,他开锁,跟密码无关。

锁匠没跟进来,就在门口等,没先要钱,还是要看身份证明,挺有职业操守。

我拿起身份证明,在门口举给他看。

"哎?"锁匠眉毛皱在一起,"不对吧,这证明上这个人脸上有个痦子啊,你脸上怎么白白净净的,你凑近点我确认一下。"

我远远地看了看镜子,果然,脸上的胎记消失了。

依他所说,我刚把身份证明递到他眼前,就被他一把夺过,撒腿就跑。等我到窗口看动向时,他已经彻底融入大马路上的人流里。

我在心里追了两步就放弃了,身份证明好像也不太重要,大不了报案。

那告示好像没粘紧,底边被风吹了起来。这下可提醒了我。

锁匠往往都在偷窃和从良之间反复横跳,不可能在官方登记身份信息,自缚手脚。告示贴出后,没有身份证明的他们往往是第一批被清算的人。而我那张不明身份的身份证明,才是这间房子里最值钱的东西。

没有证明,编不出自己的来历、职业、家庭背景,只有一个语焉不详的故乡,这下,我倒成了黑户了。

我相当于用如今有价无市的身份证明，买了次开锁服务。

早知今日，还不如老老实实解密码。我后悔莫及，敲敲脑袋，现在报案相当于自投罗网，只能另想办法。我又出了门，四下打听附近是否有印刷作坊，死马当活马医，万一真有挣钱不要命敢制假造假的呢。

刚走进另一个弄堂，又有一群街坊围在一张纸前，只不过那纸上并非清查黑户的通知，而是一则悬赏告示。

有一种奇特的心理现象叫做"完形崩溃"，常用于形容某人长时间盯着某个字词，从而导致该字词在其意识中短暂地失去意义。

以此类推，我现在所面临的问题，则大概可以称之为"人形崩溃"。

在那张悬赏告示上，黑色印刷的楷体清晰而整齐，但我看不清那人的脸。像是被打了一层厚码，脖子往上不再是脑袋，而是一轮光晕、一圈波纹、一团皱褶。

我下意识转头看向周围，路人们的脸都还在，我甚至能看清不远处男人的胡茬和女人的泪痣，可当我再度回头看向那张告示，却发现它依旧在固执地对抗着我的视网膜。

迫于无奈，我只能逼着自己把注意力集中在那些佶屈聱牙的繁体字上。

没见过这么语焉不详的通缉令。

"此人系犯重罪,据悉日前流窜至此,穷凶极恶,如遇此人者务即通报,如提供重大线索者重赏。

"注:此人具有与众不同之大特征。"

没有名字,没有罪行,而且我实在不明白为什么这上面不说明这个所谓的"特征"到底是什么。想到之前电线杆上的告示,所以清查黑户实际上是这则悬赏的辅助,真实目的仍然是追查逃犯?

这么说来,对于现在的我来说,只要抓到逃犯,就可以解决黑户身份了吧。

"哎哟,你看这张脸,多凶啊,"一声叹息打断了我的思考,站在前排东侧的老太太边叹气边跟身边的年轻男人念叨着,"现在这世道,可是越来越不太平咯。"

"妈,你是不是又老花眼了?这脸有啥凶的,你要真说面相,我倒看着他这鼻子跟老二还挺像……哎,妈你打我干吗?"

"打的就是你个没良心的!你弟弟可是在报馆里坐班的,跟这种挨千刀的贼哪里像了?"

男青年尴尬地揉揉鼻子,小声嘀咕道:"我就只是说有点像嘛。"

哦,其实通缉令上给出了最详细的线索,只是我看不到而已。我走近男青年身边,想着该怎么搭讪,他却先扭头看了过来。

"你谁啊?你要干吗?"

心念电转间，我忽然想起母子俩先前的对话，脱口道："我是报馆里的记者，有件事想请教。"

他上下打量了一眼我的穿着，神色里的戒备稍稍减轻，但还是横跨一步，回手把老母亲拉到身后。

"什么事？"

"这个男人的脸，"我指指那张悬赏告示，"你能大致帮我形容一下吗？"

男青年看看我，又看看告示，语气狐疑。

"你不是在消遣我吧？这么大张照片就摆在这儿，你自己看不到？"

"我们记者都是这样的，"我突然想起大学里选修的新闻课，理直气壮，"报道必须得遵循客观公正，对事物的描述和评价不能用自己的主观感受代替……"

"行了行了，"男青年不耐烦地摆摆手，重新扭头看向告示，"扁平脸，下巴宽，小眼睛，单眼皮，窄鼻梁，嘴唇……这脸型满大街都是，你自己看不就完了！"

他用一种近乎凶恶的眼神止住了我解释的话头，随即拉着母亲的手快步离开。

望着母子俩远去的背影，我心下有些遗憾于自己的操之过急，可当我再度回身，却发现原本在附近围观悬赏的人们都将视线转向了我，那些或好奇或无神或若有所思的目光纷纷聚焦过来，好像我就是告示上的无面人一般。

我扭头离开现场,在周围店家找了张角落里的桌子,点了碗阳春面,又借了纸笔,按照男青年先前的描述画起素描。

不知过了多久,我看着完成的画像若有所思。

说实话,说这是谁都行。凭我这三脚猫的漫画功底,还远未达到通过描述就能给罪犯画像的水平。我的调查还没正式开始就已经陷入僵局。

告示上的人像仍旧面目不清,如旋涡般将我的视线吞入,却不肯流露出半点真容;纸张上清晰的铅色脸孔面无表情,带着一副这个时代里大多数人生无可恋的样子。

我盯着桌面上的那张脸,像是要把他刻进我的眼眸深处。

"你也在找他?"

我蓦然抬头,面前站着个鬓角发白、身体发福、嘴唇发虚的中年男人,他的两只手里各端着一碗面。

我心底生起一丝愉悦。

可能我画的还挺像。

"你也是侦探?"男人坐在我对面,用筷子夹断一绺面条,边吹边说,"不是同行,谁会对这种家伙感兴趣?"

我没动筷子,任由面汤的白色蒸汽升腾模糊视线。

男人似乎感受到我的警惕,但并没有放下筷子,而是又吃了两口,才不紧不慢地说道:"你要实在想吃我这碗也行,就是不太卫生。别担心,我没什么坏心思。"他用筷子指了指我放在一旁的素描,语带赞叹,"你有这手艺,干吗不去寻门活计?官差可比侦探舒服多了。"

大学时代玩剧本杀时的戏瘾涌上心头,"什么侦探官差,我就是一热心市民而已。"

"热心市民?"他蹙起眉头,但很快又纾解开来,"这说法不错,以后我也用用,不愧是同行。"

"所以你到底找我干吗?"

时间的嘀嗒声如催命符般时时刻刻回响在耳边,我没什么耐心继续陪他打哑谜,便故意低头看了眼怀表。

"年轻人就是心急,"把筷子横放在碗沿上,男人摊摊手,"我是想跟你谈个合作。"

"合作?"

男人神神秘秘地把头凑近过来,双颊因为热汤的温暖而显得红润,"准确地说,应该是笔赚钱的生意,不知道小兄弟你想不想做?"

"不做。找陌生人做生意,肯定是杀头的活儿。"

"这你可错了,我这单生意,非陌生人做不可。"男人讪笑道,随即将眼神转向一旁的素描画像,"依照我的了解,提供重要线索,奖赏十分丰富,起码可以半辈子衣食无忧。"

"所以呢?"

"所以,这就是我说的生意。你认为我是个掮客也好,黑道也好,领取这类通缉令的赏金,就是我的谋生手段之一。可现在我遇到了难处。这事干多了，道上总有眼红的，无数双眼睛都在盯着我看。我不想让别人知道我在办这件事。另一方面，我那些小兄弟们背景大多不太干净，遇上黑户清查，最近大都避风头去了。"

男人伸手入兜，掏出一份带着软皮封套的物事，按在桌面上推了过来。我定睛一看，这东西我简直再眼熟不过了，甚至刚丢过一份。

"假证明？"

男人点点头，眼神里露出与他憨厚外表全然不符的狡诈。

"你面生，外地来的，愁眉苦脸，我知道你正缺这个，可以先把它给你，但是，你要帮我拿到悬赏，到时候我们二八分账，当然了，是我八。"

"所以你就等着我把线索或者人带给你，你就拿悬赏的八成？我为什么不自己去找官府领赏？我为什么要跟你做这种买卖？"

男人把手放在证明上，"我的线人跟我说黑户清查行动最快是今晚开始。"

"成交，我这人其实没那么在乎钱。"这是实话，这个世界的钱对我来说没什么意义，"但哥们你可不像侦探。"

"我果然没看走眼，兄弟真有眼力见，我其实是个热心市民。"

见我收起证明，男人的面目突然阴沉下来。

"虽然没有签合同,但我们已经是雇佣关系了。小兄弟,丑话说在前面,我也只给你三天时间,其间如果没有进展,身份证明我随时收回。这地界不大,你的一举一动我都时刻关注着。"

男人重新挂上一副亲善面孔,朝我作了个揖,这个动作和我们的穿着都不相符。随即,他飘然转身,消失在街道尽头的人流之中。

抬头望去,店外天色逐渐暗沉,看样子像要下雨,我决定先甩开脑中杂念,因为面快坨了。

淅淅沥沥的小雨终于告一段落,等回到住处附近的大马路时,街道周遭的路灯已然亮起。

昏黄的色调给一切都镀上了层老电影般的柔光,我望向街边墙上的巨幅香烟广告和肥皂广告,心中忽然有种如梦似幻的错觉。

从来到这里开始,到现在已经快过去一天了。

先是被锁在阁楼里出不去,接着又被锁匠骗去身份证明,虽然眼下不用担心黑户清查的事,但三天内要做的事也不容易。

我伸了个懒腰,习惯性地摸了摸脸,决定有什么事回去再想。

被秋雨冲刷过的青石板有股寒意,我小心地避开沿途那些水坑泥泞,周围的老人们大多睡下了,可一楼的女主人房里还亮着灯，我刚准备停下脚步，却忽然听见身后传来鞋子踩进淤泥的声音。

我沿路走向巷弄的另一边。

今夜没有乌云，月色澄澈，街道两侧的窗户和门市外高悬的金属招牌此刻都成了我的镜子，只是成像效果不佳，只能勉强辨认出跟踪者扭曲的人影。

我脚步缓缓加快，带着身后那人走街串巷，直到一家灯火通明的歌舞厅门口才停下来。我装作来玩的客人，凭借一身还算过得去的衣裳跟保安攀谈起来。

在这过程中，我不时用余光瞥过四周，最终锁定了一个此刻正在路边抽烟的男人。

那人戴着顶帽子，帽檐很低，看不清脸，身材体格跟码头上的工人有些相像，衣服是套市面上最常见的蓝灰色工装，手腕干净，手掌厚实，裤子和鞋子则在人流的遮掩下看不清楚。

随口找了个理由混进门内，在姐儿们灼灼的目光中，我躲进厕所，等了五分钟左右，走到一楼侧面的小门门口。

相比于正街的人声鼎沸，这条常用于运货的侧街道面上没什么人。我环视一周，确认那道窥视的目光已然不在，才施施然踏出门外，从另一个方向重新回到正街。

找了个方便观察的地方，我看向原先跟踪者站着的位置，那人已然不见，但原地落下的几根烟头里有一支还未燃尽。顺着来路望去，一道蓝色身影闪过街角，我克制住了想即刻追上去的冲动,继续在周围人流的遮挡下待在原地。

一分钟之后,那道人影重新出现,看他走路的样子,却像多了些迷茫。

轮到你了。

跟踪者在原地足足抽空了一包烟,才跺了跺脚,转身离开。我先是走到他站着的位置,看了眼地上那只被踩瘪的老刀牌烟盒,才不急不缓地跟了上去。

男人再没有任何值得在意的行为,并不像是反侦察能力很强的人,也不像是经常跟踪别人的人。我一度以为是自己多心了,直到我发现我回到了我家楼下。

一楼传来房门开关的声音。

月光凄冷,整条巷弄都寂然无声,我站在街角,所有黑洞洞的门窗后好像都藏着一双窥视秘密的眼睛。

没错,我确实有个房东,但她绝对不是个男人。

叁

我回了家——姑且先称这间阁楼为家吧。家对我来说,更像是旅程的终点,而非起点。当你发觉其他地方都不欢迎你的时候,你最后能去的地方,就是家。它可以是落脚的住所,可以是楼下的租书店,可以是夜晚拐角处的酒吧。现在,在这儿,我只有这间阁楼了。

但显然,我高估了我对环境的耐受力。躺在床上的踏实感,很快就被洗漱时的不适感所代替。这里没有洁面乳,没有肥皂,甚至连一条毛巾一张纸巾都没有。我只好回到一楼,在短廊的水管下匆匆抹了两把脸,当然,没有热水,深夜的水凉得瘆人。

我回房继续躺在床上,比洗漱前已经精神百倍。我又开始想念我的牙刷了。一闭上眼,便浮现出那个男人的影像,我甚至好像嗅到了他呛人的烟气。

偌大的县城,成千上万的人,他们中的绝大多数都不会和我产生任何交集。他们在我眼里没有任何区别。但他们还是有区别的,至少他们在夜晚有不同的归属。

现在,螳螂和黄雀归了同一个巢,我不会相信这是巧合。

这间阁楼只有两个房间,分属一楼和二楼,一楼房东自住,二楼租给了我,邻居们都说,房东是个独身女人,但她毫不犹豫地给那个男人开了门。

或许是远房亲戚吧,我大脑里闪过这个念头。

弄堂的深夜寂静万分,但深夜的弄堂却不安宁。受房屋结构影响,这里的隔音很差,鼾声、夫妻夜话声和家具轻微移动的咯吱声不绝于耳,听起来却异常深远,显然,它们属于弄堂里的其他门户。

我努力将呼吸声降低,试图从中辨认出哪些声音来自楼下。无论争吵厮打还是耳鬓厮磨,什么都行。

但什么都没有。

我趴在地板上，将右耳贴近地面，开始思考有没有可能搞清楚跟踪者和女房东的关系。不论在哪个年代，在何种境况下，即便是亲戚，深夜放一个成年男人进入只有一张床的闺房都是不合常理的。

弄堂深处又传来声响，木板的咯吱声、男人和女人的喘息声、木床规律的摇晃声，孩子的啼哭声……

这些有声直播并未让我浮想联翩，反倒愈发感觉奇怪了。为什么连远处的声音都如此清晰，楼下却依然毫无声响？

我再次屏息凝神，侧耳聆听。

没有开门的声音，证明那两人应该都还在屋内，就算有暗门也不可能一点声音都不发出。没有说话的声音，没有走动的声音，就算两人都已熟睡，多多少少都会有些声响。

除非是刻意不发出声音，像我一样。

除非在我监听他的时候，他也在监听我。

背后发凉，但我并没有抬头。好在这时楼下终于传来了响动。

"刺啦"一声，像是火石摩擦，火柴头蹭上磷面，或者是打火机钢轮边齿相交，听不真切，但第一反应都是取火的声音。

接着，便是桌椅挪动，纸张轻翻，算珠轻轻碰撞着木质横梁……女人开始算账了。

打算盘的声音就像一段编排完整的曲目，女人时不时传出的叹息声是曲段的间隔符。看来，收租加务工的收成仍旧盖不过日常支出，家里的经济情况出现了赤字。

有些莫名其妙的，我想起了母亲。我不是说女房东的长相和母亲相似，也不是说我见过自己出生之前母亲年少的样子。我只是单纯地相信，不管家境如何，每个中国人在孩童时代都经历过类似的场景：万籁俱寂，长夜孤灯，起夜之时，发现母亲披着衣服坐在桌边，手边摆着笔或者计算器，面前放着笔记本或者电脑屏幕。当时的我们并不知道母亲大半夜在做些什么，只会觉得母亲明明不高大，背影却很宽阔，能挡住生活中所有的凄风苦雨……

如果说算盘真的和我母亲有什么联系，那就是小学的时候，随着当时的大潮，我也参加了心算的培训班，几课时之后，认为自己神功大成，非要和母亲PK一下算数能力。

最终，我大败而归，原因是母亲用了计算器。

总之，这属于人间的动静让我心里的一块大石头落了地，看来，并没有人在监听我，是我有些草木皆兵了。

我回到床上，强迫自己放松身体，注意力从脚尖一路游走到眉间，抚平了沿途绷紧的肌肉群。

我还没有资格安然入睡，我要干什么来着？哦，对，接着猜测下一种可能。

还有什么情况呢？

如果男人此刻就在楼下的屋子里，能当着对方的面算账，两个人的关系已经超脱了"不一般"的程度，肯定非常亲密。

这能说明什么呢？说明什么……

恍惚间，我觉得自己正坐在一个温暖的壁炉旁。窗外大雪纷飞，柴火噼啪作响，角落里的收音机吱吱呀呀，正在播放不知道哪个年代的老电影。算珠的碰撞声就像某种白噪音，和蒸腾的困意一起将我包裹。

类似长途驾驶时因疲劳而"点头"，感觉自己好像睡了很久，但车辆其实只前行了几十米。忽而转醒，我以为天都快亮了，结果收入和支出的对垒还在继续。

我拍了拍脸，试图让自己清醒一些。

楼下始终没有男人的声响。

仔细想来，我确实看见他进了弄堂大门，听见了一楼房间开关门的声音，也没见到他再出门。从一楼也可以直接上二楼，下午我让锁匠打开了密码锁，为此我还搭上了我的身份证明，并且二楼的门锁也坏了，如果有人愿意，他可以直接进来。如果能躲起来，他的确会刻意不让自己发出任何声响。

我立刻起身，扭头看向衣柜。衣柜的门关着。

我凝视着衣柜。

衣柜凝视着我。

我左脚发力一蹬，跳下床，径直冲向衣柜。那是整个房间唯一能藏人的地方。

衣柜门被我大力拉开，到达最大限位后反弹到我身上，发出极大的声响。衣架微微晃动着，正如白天的模样。

里面空无一物。

像是被休止符生硬地隔断，弄堂里的所有微响全部停止在此刻。月光顺着窗户洒进来，把衣柜映得越发苍白。

我深吸一口气，回到床上，肩膀因为刚刚的发力略显酸痛。我没把衣柜门关上，这样整个房间就再也没有视线死角了。

我忽然发觉这个思路未经推敲，可能都是我一厢情愿。

我总认为周遭发生的一切都以我为中心，而我的目的就是揪出那个通缉犯，潜意识里先将那个男人和通缉犯连上了线头。实际上，这个世界有它自己运转的方式，其中大部分都跟我没什么关系。

他可能没有那么碰巧就是我要找的那个人，可能他就是楼下房东的远房亲戚，或者他只是一个窃贼，一个惯犯，偷盗我的财物不成，预感到自己被我发现了，慌不择路撞进弄堂，发现二楼门没锁，情急之下推开了门，跳窗离开了。而一楼的开门声只是楼下的女人听到声响，开门看了看状况。

想到这儿，胸口郁结的闷气舒缓了。我正了正枕头，直直躺在床上。白噪音又此起彼伏出现。

困意渐渐将我包裹，我的意识好像来到了森林之中，我轻轻伸出脚踩在了草地上，脚踝微微发痒，我沿着路向二层小屋走过去，但我和它之间的距离好像没有缩短。这时，小屋里突然传来异响。

我马上睁开眼睛，意识到这响动来自屋内。是一声男人的轻咳，带着某种睡梦中的不由自主，那是清醒的人无论如何也装不出来的。

声音的源头还是老地方，四敞大开的衣柜。

这次我缓步走向衣柜，再一次审视着它。衣柜里肯定没藏人，我有点怀疑那声轻咳是否来自这个维度。我又想起刚来到这个世界时那微微摇晃的衣架，是否有一种可能，除了灯绳之外，衣柜也是某种通道？我想到以前看过的一则奇闻，有人在罗布泊，听到了阿根廷的声音，因为经纬度的关系，两地正好位于地球对称的两侧。

借着月光，我仔细观察。包括把手在内，衣柜通体都是木质的，边角微微翻起，应该是又贴了一层黄花梨木花纹的贴纸，可能是为了自抬身价以涨房租。那些纹路太正常了，普通到藏不下任何谜题。

不过，到了衣柜旁边，算珠的碰撞声骤然变大。时间肯定过了子夜，这时候还在算账，未免也太凄苦了。

我把头伸进衣柜，内外的花纹一样，里面的声音更大，带着广播的空旷感。我大概明白了，大概是建筑构造和家具摆放的原因，衣柜成了一个扩音器，将楼下的一切都放大了。

所以那声轻咳正来源于一楼房间，而那个男人就在一楼，已经睡着了。

想到这，我干脆钻进衣柜，蜷缩起来，关上了衣柜门。

如果有一双眼睛在夜晚监视着这个世界的所有人，我肯定是行为最不正常的那一个。

里面很黑，我索性闭上眼睛。我好像又回到了那片森林，回到了那座小屋，我坐在那把木椅上，思考着二楼到底有什么。如果我睁开眼睛后发现我真的回到了那边，我会立刻想办法去二楼看看。

睁开眼睛，什么都没变，霉味倒是越来越重了。

钻出衣柜，柜门挡住了部分月光，地上犬牙交错，床的影子映在地面上，显得有些突兀。我顺着影子朝前看，不是影子突兀，而是床上多了个东西。

一个人就躺在我的床上。

我的脑袋"嗡"的一声，取下一根衣架扔了过去，衣架落在床上，那人没什么反应。第二根衣架刚好落在他身上，仍然没什么反应。我跑到床边一看，那根本不是什么人，而是我的大衣。

即使我完全没有脱下它的印象，我也觉得自己今晚有点过于神经质了。

这些归根结底都是我的胡思乱想在作祟，正如那个穿工装的男人一般，一切都在猜测和推断中越走越远，并没有实锤将它们砸到正确的方向上。

今夜注定无眠，我必须做点什么，总要有点实质性的进展才行。

我披上大衣，翻箱倒柜，终于在抽屉最里面发现了一盒火柴，气候潮湿，它却很干燥。抽出火柴棍，轻轻一划，磷制品燃烧特有的味道飘散屋中。

就靠它了。

我掏出怀表看了看，不知什么时候它已经停了，不过我可以利用表链做点什么。

我拿着表链的一端，无论这块怀表的内部构造多么精密，它现在回归成了最原始的钟摆。在摆动到第751次时，呛鼻的纸灰味飘进房中，第960次时，楼下终于传来骚动。

我抽出一个抽屉，把里面的杂物全部清空，抱着它冲出房门，在龙头下接满了水，冲下楼。

白天虽然人声嘈杂，但我总觉得弄堂外的大马路很干净，没有或蓝或绿的环卫垃圾桶，没有随处乱停的汽车和共享单车。不过，深夜再看，大马路却显出别样的腌臜，地面上尽是被风吹散的落叶和黄纸。我要找的就是它们。

这里不是现代小区，没有监控探头也没有保安。因此，没人知道刚刚我轻手轻脚离开弄堂，在大马路上撅着屁股捡拾了一大摊子纸叶，无声地堆放在一楼门前，又划着六根火柴扔了进去。晚风不大，周围亦没有其他的可燃物，纸叶堆放的位置不会对房屋造成威胁，却足够把里面的人逼出来。

来到一楼，火势比我想象的要猛烈一些。跳动的火光映亮了短廊，我仿佛又回到了那个黑暗的走廊，站在了给自己送殡的队伍里。

女人脚下生风，前后忙活着。她穿着一件满是补丁的睡衣，又踩又打，试图踩灭火源，还从房间中一次次端出脸盆水，浇在燃烧的纸叶堆上。

男人不在。

我一抽屉水浇下去，"簌"的一声，灭火的声音就像风吹过树叶。明火已灭，四只脚一起踩着零散的火星，脚下很快泥泞不堪。黑烟蒸腾而上，一楼房间内的布景朦胧，像是一张无法看清的油画。

灭完火后，女人一扫帚把纸叶灰扫出了短廊，接着便向我道谢。不知道是她脸上抹了灰，还是照片本身就有些失真，我觉得她的脸型变圆润了不少。

虽然场面有些尴尬，但我还是三言两语套出了话，女人叫王佩凤，跟我差不多大，老家在乡下，独自在县城打工贴补家用。

陆续有几位邻居来查看情况，王佩凤一一感谢他们的关心，表示火情已经解除。

我装作很熟络的样子，把邻居们都送到了弄堂门口。等他们都走后,我跟王佩凤交谈起来:"这么潮的天气,怎么就着火了呢?"

王佩凤摇了摇头:"不知道,可能是风把马路上的叶子和纸吹进弄堂了吧。"

"那就更奇怪了,我又不抽烟,哪里来的火源呢?"我看着她,"这两层没有别人了吧?"

说完,我作势朝门里看了看。

王佩凤丝毫没注意到我的小动作,甚至没注意到我在偷摸打量她。她的面部表情非常自然,语言衔接流畅:"没,最近我家里就有个表哥来过,不过那都是四五个月之前的事了。"

我没看出任何破绽。

又互相嘱咐了几句小心火烛的事宜,我作势就要回到楼上。

"哎?我晚上听见楼下开门了,是不是你把什么垃圾扔在过道里,垃圾里有火柴棍之类的。"我在水龙头下洗手,余光一直瞥着她的脸。

她用力地摇了摇头,带着一种质朴的笃定,这让我完全相信了她的言辞:"没有。我听到过道里有声音,就开门看了看,结果没看见人,估计是你上楼了吧。"

两个人又隔着楼梯聊了几句,最终得出了一个模棱两可的结论——可能是风把煤灯或蜡烛的火捻吹了出去,从而引发了这场小火灾。

看来真相就是我所预料的那样,一个贼从二楼跑了,就这么简单。他跑进短廊的时候一定脚步铿锵,吵到需要王佩凤开门查看。而我上楼时的脚跟一般搭在阶梯外,声音很小,她很可能没注意到,便错把那个贼逃离的声音误认为是我在上楼。

我回到屋里,听着她把门关上。

世界果然不会围着我转,要帮那个"侦探"领到赏金,还得另想办法。折腾了一晚上,我发现自己还在原地踏步。

半梦半醒之间,我在床上躺了一晚上,直到天露微光,鸟鸣四起,卖蟑螂药的打板声在弄堂回响。我走出家门,在街边吃了笼包子,买了毛巾、香皂、牙粉和脸盆,又到最近的锁具店买了一把朴素的钥匙链锁,拴上便倒头进入梦乡。

这一觉就睡到了下午,天气好得晃眼。

距离"侦探"收回假证明还剩下两天时间,睡眠其实是一种任性的奢侈品。我急匆匆地开锁,拿着脸盆来到短廊,迎面便撞见了一个男人。

他只套了件背心,没穿那身蓝灰色工装,却仍戴着那顶帽檐很低的鸭舌帽。

通过他露出的下半张脸,我一眼就认出了他。

他的肢体语言透出了某种陌生,不是房东和租客的那种陌生,也不是一面之缘的那种陌生,而是两个人完全没见过的感觉。他的双手局促地在肩膀搭着的毛巾上搓了搓,便谦卑地让出了水龙头的位置。

我魂不守舍地洗漱，直到洗完手才发现用的是牙粉，这时一楼的关门声再度响起。

昨晚的所有判断全错了。

我迅速把脸盆收好，链条上锁，朝弄堂那头跑去。那里有一家小茶馆，二楼正对着我的窗户，如果想悄然监视一楼的动向，那倒是个合适的据点。

跑的时候，我一步三回头，确认没有错过那个男人离开的瞬间。

"龙井！"

我甩下两枚硬币，一步两个台阶地迈上二楼，这里零散坐着几个顾客，窗边的位置是空的，不论我坐多久应该都不会引人注意。

从这儿看下去，一楼窗内的景象正如我昨天初次所见的一样。

床上没人，木质桌椅上没人，梳妆台前没人，那张单人照好端端地挂在那里，可能是我的错觉，我总觉得照片上的王佩凤目光有些上瞟，似乎在和我对视。

茶壶端上桌，我随手倒了一些，直接把茶碗放在了窗沿上，茗香让我的头脑清明起来，也有可能是因为我奢侈地补了一觉。我盯着一楼，还是没人。

现在两个人都有问题。

男的不仅见过我，还追过我，再见到我时，无论如何都不该像第一次见面那样陌生。所以他在硬绷,而他唯一没绷住的时刻,就是昨夜那声咳嗽,睡梦中的事儿,他控制不了。剩下的时间,他不出声,他控制呼吸,就连家门口着火了他都没出门看一眼。

这可太像一个逃犯了。

我唯一不解的就是,他是怎么做到"消失"的。不暴露呼吸声就算了,此时此刻,一楼的情况我尽收眼底,我几乎可以确定,他就是不在屋里。除非还有我没观察到的死角,或者有暗门,或者秘密空间。

或者还有最后一种情况,只要我能承认,我并不是特别的。

人进入某个空间后消失,我对此可太熟悉了。比如现在,如果我星河区家中的卧室门没锁,如果有人推门进来,就会看到我也消失了。汗液的黏合下,后背的衣物瞬间就贴在我的脊梁上。

这是一个我必须考虑的可能性:

他来到这个世界的方式,和我一样。

我内心很抗拒这种想法,甚至有点厌恶。我很难拿到更多的证据去佐证这个想法。但至少我能确定,这个男人身上谜团重重,甚至我很想认定他就是那个人。

那个女人也不简单呢。

她在家中刻意藏了一个不是丈夫的男人。而且藏得非常巧妙,昨晚在遭遇火灾这样的突发状况后,和我的交流中也没有露出破绽。我想，要不是我清晨出门买锁的脚步声干扰了她的判断，我也不会直接撞上那个男人。

我竟然以为自己能居高临下掌控全局，我上当了。

这头正琢磨着女人的动机，闷闷的门扉关合声就打断了我的思路。

帽檐很低，工装很旧，男人从弄堂的大门里走出来。

我刚想走楼梯离开，后颈处突然传来一股大力，像是毫无征兆来了个急刹车，我的头被死死地按在窗沿上，手也被别到后面。

我没有慌张："我有身份证明。"

声音自身后传来，还是公鸭嗓："假证明有屁用，大哥让我们来提醒你一下，还有两天时间，你别忘了跟我大哥的约定，天天睡觉喝茶，可不像是干实事的人。"

"妈的你们有病吧！"这真是我没想到的，"看不出来我在监视吗？楼下刚刚走过去那个戴帽子、穿蓝灰色工装的，很可能就是你们大哥要找的人！"

"别在这儿转移注意力！你以为我很笨吗？"

"我转移你祖宗！"是真的笨，"他要是不信我，别让我帮他干活啊！他那么牛逼，你们就帮他去抓吧，我不管了！"

公鸭嗓不说话了，后颈上的力道小了一些，身边人小声商量着什么。

"那就去看看。"公鸭嗓轻轻拍了拍我的脖子，"品位不错，龙井是吧，茶我们拿走了，别忘了把茶壶钱也结一下。"

身上的压力几乎同时消失，我愤愤回头，身边一个人都没剩下，顾客们喝茶的喝茶，谈天的谈天，没有人被这个小插曲影响了兴致。

从窗户朝下看，那个男人先钻进了人潮，随之，几个着装统一，都戴着皮帽子的笨蛋也消失在茫茫人海中。

我松了口气，这件事最好就按我想的这样了结吧。我忽然感到有点饿了，走到早上那家包子店，点了一屉没吃过的馅。

午后的人潮明显更加拥挤，像搭上了洋流的产卵鱼群一样，有固定的行进方向。我跟着人流走动，不知不觉间就来到了县城的中心。最繁华的路口旁坐落着一栋显眼的白色建筑，尖顶，上层插着各样旗子，中层有一个蒸汽时代气质的罗马数字挂钟。

挂钟旁边伸出了一根长杆子，杆子上赫然挂着一颗人头。

那张脸不是别人，正是那个"大哥"，那个"侦探"，那个"掮客"。

那个给了我假证明，又让我帮他领赏金的人。

肆

风不小，连天空都被刮得格外晴朗。我试图用舌头湿润干裂的嘴皮，结果却只传来一阵刺痛。

这位与我一面之缘的掮客，他的头颅随风摆动，规律地撞击着钟面,一下,一下,一下,每次撞击,头颅的角度都发生微变,表情好像也有了变化。他先是噘着嘴唇,一副正在吃面的"热心市民"的模样;然后一脸狡诈,成了一名刚做完揖的商人;最后,他似乎因为撞击的疼痛眉头轻皱,死死盯着钟面。

"杀得好!"身边不知道什么时候挤上来一位老太太,她眯着眼看远处斩首示众者的面容,"这个下三滥搞破鞋的女人,罪有应得!"

"妈,别瞎说!"一个年轻男人赶紧跟上来,把老太太往后拽,"你老花眼了,示众的明明是奸夫,那女人早跑啦!"

女人,奸夫,我完全没法把这两个名词和这位掮客结合起来。虽然他手底下全是笨蛋,但在这城里多少也算是个人物。这样生前呼风唤雨的大哥,起码也得死于火拼仇杀或者为兄弟挡刀,才算全了他的身份吧。可惜了这个死法……

我转过头,发现身边正是我在通缉令旁碰见的那对母子,年轻男人还有个弟弟,在报馆坐班。

"你们认识他?"不知道他们还记不记得我这个记者。

"我们认识他,他不认识我们。他呀,本地赫赫有名的流氓了,一辈子拈花惹草,就好女人。你看看那张脸瘦的,精气神都在女人身上耗没了!"

我脱离人群,径直向大楼内部走去。

一千个人眼中有一千个哈姆雷特,但大家对哈姆雷特的高矮胖瘦起码有个客观的共同认知。至少,此刻钟面旁边挂着的那个鬓角发白，面相浑圆的男人，就绝不是母子口中那个消瘦的奸夫。

他的死因勾起了我的兴趣，或者说，冥冥之中我已经认定他的死和我有关。这里的一切都与我有关。就像和这对母子的再次相遇也并非巧合，这是一种提醒，提醒我，我不属于这个世界，我只属于我的目的，我的目的是我与这个世界唯一的联系。我来到这个世界的原因，是为了离开这个世界。门口穿着制服的工作人员伸手拦住了我。

"我有关于通缉犯的重大线索要提供。"我说。

"让我进去。"

大理石楼梯在我面前拐了八九折，在大约四五层楼高度处，出现了一扇对开木门。工作人员敲了敲门，推开一条缝，示意我进去，随即便捂着鼻子，一刻未停，厌恶地转身离开了。

我闻了闻自己，身上并没有什么异味，他厌恶的应该不是我，而是这个地方。

进门前，我抬头看了看头顶的吊牌。

第三司。

门内是一个类似写字楼的大平层，不过，里面的条件应该让所有现代打工人都非常羡慕。每个格子间都是独立的，有单独的门窗，透过窗户能看见工作人员在各自的小天地内忙碌。他们着装统一，都是土灰色。

平层一侧是通透的长窗，窗外便是分秒不停的大钟。指针周而复始地划过，平层内时而阳光明媚，时而阴晦异常。我朝前走了几步，阳光恰好被指针挡住，每个格子间的小窗户都变成了一张黑白照片，里面的工作人员仿佛也被定格住了。

一个圆脸男人走上前来，低低地问："你，有线索？"

我点点头。他比我矮一点，抬头看了看我，他的双眼十分古怪，明明是单眼皮，但似乎由于一直双目圆睁，活活瞪成了双眼皮。

我跟上他的步伐，来到一个格子间前，门明明是木质的，却被漆成暗淡的灰白色，上面阴刻着一列文字。

后显子吴平章办公之所

进门前，瞪眼男恭敬地敲了敲门，门开之后，里面只有红到耀眼的办公桌椅和书柜，并没有其他人。

"说吧。"

我们两个对坐红桌两侧。

"吴平章，我可以这么称呼您吗？"

"对，我就是吴平章。"

我突然意识到一件事，从见到他开始，直到现在，他没有眨过眼睛。

"其实，我的线索跟窗外示众的这位大哥有关。"我不打算绕圈子了，"我们俩都是热心市民，特别想帮大家抓到这个通缉犯，还一方安宁，昨天刚刚共通了一些线索，今天就发现他被……我想知道，他的死跟那位通缉犯有关系吗？"

"他吗？"那双圆眼探照灯一般扫过窗外，又扫了回来，"他提供的线索有问题，我们就把他挂起来了。"

我咽了口唾沫，"就这个原因？"

"你还知道其他原因？"

提供的线索有问题，就会被挂起来。

"他是什么时候过来提供线索的？昨晚我们刚见过，见面时，我们好像发现了通缉犯的踪迹，就在不远处的弄堂。"我对着窗外指了指方向，"大概就是那个位置，您对周围很熟悉，一定知道我说的是哪儿。"

由于怕被判定为提供错误线索，我没说出租约上的地址。

他瞪大的双眼终于眨了一下:"我们这个地方,弄堂共有1400多条……"

"这个地方,是指周围这片儿,还是整个县城?"

"我们县城地大物博,有良田千亩,四季分明,冬暖夏凉。"他的语气越来越生硬,就像是走错教室的学生,答非所问地背着教科书上的内容。

我从桌上拿过纸笔,递给他:"有亲戚想要投奔过来,不知道这里的地址,您能给我写一下吗?"

他愣住了,不知道在思考些什么,接着,他僵硬地抄起笔,开始一笔一划地写。他用的力气越来越大,简直像是要把桌子戳破,最后,他整个人都战栗起来。

见状,我赶紧把话题掰回正轨:"我能看看他的遗物吗?他的遗物里应该有至关重要的提示,加上我得知的线索,我应该就能推测出通缉犯在哪了。"

他马上停止了战栗:"我需要请示一下,你在这里稍等片刻。"

他推门离开后,我马上拿起那张纸,墨迹四散,刻痕纷乱,每个字都歪歪扭扭,恶狠狠的。

第三司省第三司市第三司县第三司乡第三司。

他离开后,我也站了起来,从格子间的窗口往外看,想知道他是真的在跟什么人请示,还是到了一个无人的角落,对着空气手舞足蹈,就像他会对着空房间敲门一样。结果我没找到他，却被旁边的格子间吸引了视线。

那里的陈设和这边一致，两个身着土灰色制服的人却离开了桌子，蹲在地上，神情兴奋，像在斗蛐蛐。不过，他们之间空无一物，只有透着大钟指针打进来的一道光影。

下一刻，光影消失，两个人表情悲戚地呆在原地，左边那个人阴沉沉地说道："一文带不走，唯有业随身。"

阳光重回，两个人又恢复了兴奋，右边的人从兜里掏出一张皱巴巴的纸币递过去，左边的人接过纸币，嘴角裂开一道得意的弧线。

光线再次被指针遮住，这次轮到右边的人悲戚地复诵道："一文带不走，唯有业随身。"

每逢光影变幻，纸币就在两个人之间孤独地传递，我想这幅场景在一个小时后都不会有任何变化，他们之间好像没有任何实质性的进展，或者他们已经知晓了隐藏在光影里的秘密，或者他们其实什么也没做。身后传来声音，我猛地回头，是吴平章。

他坐下，一副爱莫能助的表情，即便是摇头的时候，他的双眼也是圆睁的状态。

"没有遗物，你现在要提供线索吗？"

我反手紧紧握住那支笔，背在身后。"我怀疑这个通缉犯就在我的居所楼下暂住。"

"你，确定吗？"

我本来正在和他对视，结果话音刚落，指针恰好运转过来，他的面庞彻底藏进阴影里，我的面前一片黑暗。但我还能看见他的眼白。

"你，确，定，吗？"

这声音好像并不是我用耳朵听见的，而是直接在我脑袋里响起来的。我急切地期盼指针离开，阳光归来，便能通过他的表情决定下一步动作。然而，大钟似乎坏掉了，时间仿佛也随之凝滞。我听到四周传来响动，那是无数人推开桌椅站起来的声音。最后，由眼前的吴平章开始，整个平层都传出黑压压的念诵。

一文带不走，唯有业随身。

一文带不走，唯有业随身。

一文带不走，唯有业随身。

那眼白离我越来越近，我渐渐闻到了一股来自地窖的腐朽气味。

"我再想想吧！"

阳光归来，我落荒而逃。

撞开平层的大门，吊牌晃了晃，我最后回头看了看上面"第三司"三个字，摸了摸自己的脖子。

我气喘吁吁地下楼，身后传来了正常公司职员办公的声音。

一切恢复如常。

走到门口,我看见那个带我上楼的工作人员,想起了他捂鼻子的动作。

所以我的最终任务,并非发现疑似通缉犯的行踪,并让第三司追捕审讯这些嫌疑人,而是必须一击毙命,提供确凿的证据,证明我的怀疑对象就是那个通缉犯。

我又想到了通缉令上的那行小字。

"此人具有与众不同之大特征。"

这就是题眼了。

那个住在王佩凤家的陌生男人,那个我直觉上已经锁定的怀疑对象——我必须找到他身上与常人不同的特征,才不会落得那个掮客的下场。

迈出蒸汽大楼,锣敲鼓捶,世界竟转眼换了一副模样。

之前围观掮客的人不知所踪,我仿佛瞬间置身于一条民俗文化艺术街。

似乎是为了等我出现,惊天动地的喧闹声忽而炸响。

白帽子、白褂子、白短裤、白鞋加身的汉子们舞动着手里的绸缎,那绸缎太红了,甚至红过了第三司的桌椅柜子;转动的陀螺、滚动的铁环、飞起的竹蜻蜓……各种会动的东西在街角翻飞;几个高大的男人健步如飞,高举手中的红杆,杆头挂着的飞龙随之舞动,那龙头也是白色的;一列穿着红马甲、绿裤子的大头娃娃从街那头摇头摆尾地走来,身边还围着一群鼓掌的孩童……

在锣鼓喧天之中,我捕捉到了一阵低沉且空灵的声响,那应该是编钟敲动的声音。抬头看看,掮客的头颅还挂在那里,居高临下地俯瞰着万物生灵。在如织的人流中,我看到了那对"报馆母子",还有几个略显眼熟的面孔,他们刚刚还在感叹生命的无常,此刻却已经跟欢腾的气氛融为一体。通过他们的对话,我了解到,这似乎是县城一月一度的大集。

想到掮客大哥的头还在孤单地注视这一切,这场狂欢越热闹越令我觉得不安。我顺着街道边缘走,掠过一群表演者之后,发现大马路两侧多了许多我从未见过的摊位。

左手边第一块,应该是裁缝店或成衣店拉出来的小摊,摊位上铺满了一匹匹布料,粗布、织布、土布、洋布……虽然细分能看出微小的颜色差别,但所有布料都是灰色系的,就连印花布都是灰底印上了灰色的印花。

缝纫机不知疲倦地运转着,摊主大声叫卖,他的过分热情让我觉得,即使眼前不是喧闹的集市,就算是在空无一人的夜半大马路上,他的招揽吆喝也不会停止,似乎从出生开始,他所做的一切都是为了卖布这一件事。

再往前走一点,摊位上贩卖的物品更加奇怪。

花纹密集的蛇皮箱包、表面光滑的鳄皮鞋帽、手感精致的虎皮布毯,还有貂绒制品、狐绒制品,摊位边缘并排放了三个嘴巴大张,獠牙林立的鳄鱼头,每个鳄鱼的嘴都被虎骨支开。鳄鱼头后面,是三罐颜色无法形容的液体,里面泡着纠缠在一起的细蛇和蜈蚣,还有头尾相接,串成一串的暗褐色毒蝎。

摊主蹲在摊位后面,就像潜藏在水中的鳄鱼,只露出一双眼睛,每个路过的人都是他的潜在顾客,或猎物。

他的眼球真的和鳄鱼一样,是竖起来的。

摊位的分布随心所欲,布摊,动物摊,下一个摊位上堆放着一个个木框,每个框里都放置着或圆或条状的水果。

菠萝蜜、椰子、柠檬、百香果、橄榄、芒果、木瓜、枇杷、火龙果、释迦果、芭蕉……

全是反季节的热带水果。

每个摊位单独看都不太对劲,但在这片不对劲的集群当中,我反倒成了最不对劲的那一个。我就像是一个闯入者。哦不对,我原本就是。不论我乐不乐意,我都是闯入这个世界的外来者。这个世界也热情好客,我好像一直都置身于这场盛大的欢迎仪式里,我来到这里,遇见的每个人,遭遇的每件事,都有着这个世界的目的。它触碰着我,支配着我,它计划好了一切。

这场集市也是计划的一部分。我从头走到尾,又从尾走到头,连绵的摊位从我居住的弄堂开始,正好到蒸汽大楼结束。

我放慢了脚步,仔细观察着这片集市,这里一定有我想找到的东西。

弄堂附近有个面具摊位,为了展示面具与面部的贴合,摊主戴着自己贩卖的面具在招揽顾客。在他更换面具的空隙,我看见了面具后的脸。

是吴平章。

这让我想起解数学高考卷最后一道题的感觉，在发现第一个突破口之后，大脑就会变得敏锐，甚至开始觉得奇怪，为什么刚才一直忽视了眼前的答案。那两个之前蹲在光影前念诗的家伙，此刻正在舞龙，而我逃离格子间时撞到的那个工作人员，此刻就藏在大头娃娃里。

我又溜达了一圈，仔细观察每个摊主。他们的职业不同，售卖的商品也不同，这就导致他们的穿着也不相同。不过，每个人外套下露出的内衬，都是土灰色的。

整条街都是第三司的人。

来不及细想其中缘由，我又注意到了另外几个熟悉的面孔。从蒸汽大楼出来这段时间，我总觉得芒刺在背，起初，我以为自己是被吴平章吓到了，转悠了几圈之后，我才确定身后有几个如影随形的尾巴。

我回到弄堂对面的茶馆二楼，老位置，老龙井。我倒了一碗茶，轻轻抿了一口，轻手轻脚地绕到一根承重柱后面。接着，一阵杂沓的脚步声自楼下响起，四个皮帽子上了茶馆二楼，东张西望了一会儿，纷纷将目光落在了我刚才的座位上。其中一个皮帽子摸了摸我的茶碗，将其中的茶水倒掉，又招呼人上了新碗，落座品茶。

其余三个人都没坐下，就站在他身边，朝窗下打量。

坐着的这位是领头的，就是上午那个公鸭嗓。

所有人的注意力都在窗外，公鸭嗓第一个注意到了我，可已经来不及了，我一步冲过去，死死把他的头按在窗沿上，茶碗打翻在地，茶水涎水又流了一窗沿。

"都别动！"三个站着的人终于回过神来，作势要上，"试试，是你们制服我快，还是我把你们老大推下去更快。"

公鸭嗓的嘴被窗台堵着，只能发出几声无意义的叫喊，这令他的手下颇为忌惮，纷纷后退站远了一些，又是一通叽里呱啦。

"翻译翻译，"我示意旁边一名手下凑过来，"这公鸭嗓说什么呢？"

公鸭嗓的涎水喷了他一脸，他狼狈地抹了抹，说："大哥说，有话好商量。"

"商量吧，没问题。"我用眼神示意那一壶龙井，"先把茶壶钱还我！"

两枚硬币落到了桌上，我轻轻摇了摇头："好了，没你们啥事了，下去等着吧，我跟你们大哥聊聊天，别瞎想。你们要是瞎想，我就容易乱动，你们大哥可能就不小心摔下去了。"

公鸭嗓的头被按着，用力摆了摆手，手心向里，手背向外。三个手下如鸟兽散。

我松了劲，公鸭嗓的脑袋像弹簧一样立起来，他目光阴鸷地看着我。我坐到他对面,又要了两个新茶碗,把龙井斟满。

我把茶碗推过去,他没接,冷冷地问:"商量什么?"

"我进去了一趟,第三司。"我轻轻嘬了一口,第一次感觉龙井这么好喝,"你想不想给你大哥报仇?"

公鸭嗓示意我继续说下去。

"哎?我突然有个问题。你说,你管你大哥叫大哥,你的手下管你也叫大哥,那他们管你大哥叫什么?大大哥?大哥哥?大哥大?"

"大哥大这个名字倒是不错。"公鸭嗓从怀里拿出一个铜盒,抽出烟纸,铺在桌上,把烟叶放进去,用舌头点了点卷纸边,卷好后两头撑了撑,又掏出火柴点燃,"说正事。"

我好像在公鸭嗓脸上看到了掮客的神态,时冷时热,也有可能是错觉。

"想要报仇,得先找对对象。就是说,到底是谁导致你大哥身首异处。"我一根手指指了指自己,又轻轻摇了摇,"肯定不是我。杀他的人在第三司,导致他被杀的人在通缉令上。这笔账,得算在那通缉犯头上。我问出来了,你大哥这么惨,不是因为没找对人,而是因为没提供正确的证据。"

公鸭嗓深深吸了口烟,有些不耐烦。

"不想听你也得听。"我从他的嘴里抢过烟,直接扔到窗外,这表明了一种强势的态度,"不知道你们有没有注意过,通缉令最下面那行小字,'此人具有与众不同之大特征'。我的意思是,咱们的方向都没错,住在我楼下那个男人就是通缉犯,不过我们得一起把这个'特征'揪出来。"

"你就说想让我们干什么吧。"

"'此人具有与众不同之大特征',我猜一定体现在生理上。可是,之前你们也追过他,发现什么特征了吗?他是瘸腿了还是眼瞎了?都没有。所以,这种特征就藏在他身上,那些被衣服裤子遮住的部分。"

我一口把茶喝掉大半:"都说到这儿了,你们应该知道该怎么做了吧?"

他又点了一根烟,不过这次是老刀牌的,不用自己卷:"还请赐教。"

"不抽烟不会说话是吧。"我摆了摆手。

"凭你们的本事,找到他不难。随便找个手下,最好是女的,往他身上泼一盆水,然后假装不好意思,请他到楼上去,换一件自己丈夫或者哥哥的衣服。只要把他引开大马路,随便引进哪条弄堂,怎么对付他还不是你们说了算?到时候把他衣服一扒,一群人围着他看,他那明显的特征不就再明显不过了?"

"可以试试。"公鸭嗓没看我,目光一直盯着茶碗,"你要的好处呢?无利不起早。"

"你大哥知道,我就是一个热心市民。"我长长舒了一口气,"我只需要这个假身份证明,通缉犯被抓到后黑户清查行动就会取消。所以，奖赏都给你们，事情结束之后别来烦我就好。"

"说好了。"公鸭嗓站起来，"证据确凿了之后，我会告诉你，我们还在这儿见面。"

"可以，到时候你们继续跟踪我，我肯定能发现你们，我就直接来这儿。"我也起身，但把公鸭嗓按在座位上，"龙井我拿走了，你把茶壶钱结一下。"

我拎着茶壶回了家，一楼依然没人。灌了半壶茶，我的睡眠质量依然很好，起床时已是傍晚，一些商铺招牌已经迫不及待地点亮霓虹。我找了一家做江鱼的饭馆，吃得心满意足。正当我在大马路上闲逛消食时，突然让人撞了一个趔趄，接着，我的胸口以下变得湿漉漉的。

"不好意思！"眼前站着一个楚楚可怜的女孩，她一边捡起掉落在地的水盆，一边手足无措地将随身携带的手帕递给我，"要不……您跟我上楼换件新衣裳吧，我跟哥哥住在一起，您暂时穿一下他的衣服，希望您不要嫌弃。"

有一种莫名的熟悉感。

我接过手帕，眼前一黑。

屋里没有任何陈设，比那间森林小屋还空。

头套摘下，再次视物之时，眼前哪还有什么女孩，只有公鸭嗓和他的三个手下。

我双手双脚都被反绑在凳子上，公鸭嗓走过来，俯下身子，拍了拍我的脸。

"冤冤相报何时了。你说，不就让你付了个茶壶钱，你非要把我也按在窗沿上，那我不可能不对付你。"

"那个小姑娘找得不错，挺漂亮。"

"你这人不厚道，总打岔。"公鸭嗓蹲了下来，玩味地看着我，"我们按你说的做了，什么也没发现啊。"

"不可能！"我用力蹬了几下，"你们怎么做的？"

"他还有脸问！"公鸭嗓四下看看，手下们哈哈大笑起来，"给他演示一下吧，这么求贤若渴哈哈。"

两名手下按住我，另一个拿出了裁缝用的大剪子，只剪了几个关键部位，三个人一扯，我身上的衣物就脱离了绳子的束缚，烂到了地上。

公鸭嗓两下踢掉了我的鞋袜，接过剪子，冰冷的寒尖依次划过我的四肢。

"下午，我就是这么检查的那个人，老子这辈子都没这么仔细研究过男人的裸体。"公鸭嗓掂了掂剪子，"你俩一样，没有六指，也没缺脚趾头，你比他光滑多了，脚上连个茧子都没有。"

接着，他的手下从侧面一脚踢倒椅子，我眼前的世界翻转了。

"看看，他们都练出来了，多熟悉的动作。"公鸭嗓绕着我转了一圈，"你挺白净，没痣也没有瘩子，特征呢？"他对着我的脸狠狠踹了一脚,"我问你,特征呢!"

给那个男人设计的招数,最后全用在我自己身上了。

"你们是不是查得不够仔细啊?"一股温热从我的鼻子流出来,嘴里也有了铁锈味,"你们把他放走了?"

"放?"公鸭嗓一脸恨铁不成钢地看着我,"人家自己走的。我们聊得不错,他还告诉了我们一件特别大的事。

"你,外乡来的,没有身份,行事诡异,怀疑来怀疑去,怎么就没人怀疑你是那个通缉犯呢?

"我们问了昨天拉过你的那个车夫,人家说了,当时你脸上有一大块胎记,那不算是明显的特征吗?

"我不想问你,胎记是怎么处理的。我只想问——我该怎么处理你,才能给我大哥报仇呢?"

伍

我是通缉犯?

真是个好反转,在这个瞬间,我几乎被说动了,这一切好像都变得合理了,我真的快成为这个故事的主角了。

我真想高举双手跑进第三司,大声叫道:"我就是那个通缉犯,我来自首!"那些身着土灰色制服,像木偶一样的工作人员,一定不会再像老旧的复读机一样重复那句"一文带不走,唯有业随身"，而是马上变得正常。他们可能会把侧窗打开，把大钟的指针掰进来，指着它对我说："这就是绳子，你拉吧。"

但没这么简单，还有个问题没有解决。

"就算是我吧。"我满嘴血腥味地说，"特征呢？我的特征是什么？"

"就知道你要狡辩。"公鸭嗓公鸭得更明显了，"那人告诉我了，你的特征就是——特征会随着时间的推移而消失。"

"你听这句话不拗口吗？跟绕口令似的。"我突然有点想笑，"我的脸呢？通缉令上的人像和我长得不一样吧？"

"都说了你的特征会随着时间的推移而消失，现在的你和通缉令上的人长得不一样，合情合理！"

我竟然无法反驳。

"那就赌一赌。"我蹬了蹬有点发麻的脚，"第三司昼夜不息。你押着我，带我进去，就按你说的，告诉他们，我就是通缉犯，我的特征就是没有特征。

"如果我是，你拿赏金走人，我被抓，受尽酷刑，还省得你亲自动手给大哥报仇。

"如果我不是，我走人，你像大哥一样，头颅高挂大钟旁，我接着去找那个陌生男人的特征。

"敢赌吗？"

我盯着他。公鸭嗓摘下皮帽，打了两个响指。

"我一手好牌，你占尽劣势。我凭什么要跟你梭哈？我是笨蛋吗？"

还真是。我想，主动权又掌握在我手里了。

"你肯定不止这三个兄弟吧。"我尽量把自己调整到一个舒服的姿势，"去找个信得过的，即便拿到奖赏也会马上分给你的炮灰，你跟他一起去第三司，让他上楼提供我的线索，我不折腾，不跑，就在这儿等你们，等那个炮灰的头也挂在大钟旁边，你就知道该跟我好好谈谈了。"

公鸭嗓敲着太阳穴想了一会儿，重新戴上皮帽，嘱咐三个手下看好我，嚷嚷着要是我跑了，就一枪打死我，说罢，离我较远的小弟还真掏了一把小巧的左轮出来。公鸭嗓刚走到门口，又折了回来，蹲在我面前。

"谅你也跑不了！"他拿出随身小刀割断了我手脚上捆着的绳子，起身，头也不回地走了。

我活动着解开束缚的四肢，血液的长时间不流通和刚才挨的一顿揍让我精神有点恍惚，我看向那三个小弟，好像他们都长着我画的通缉犯的脸。

"特征到底是什么啊？"

我靠着墙，不知过了多久，在这密室里面，时间感也变得模糊。有时我一阵恍惚，觉得刚过去了几秒，但小弟一号已经吃完了一份宵夜；有时，我又觉得每一秒都是煎熬，似乎天都快亮了，但小弟二号连一根烟都没抽完；小弟三号最敬业，那枪就没离过手。

终于,门开了。看见公鸭嗓的表情,我知道我赌赢了。

那个掮客的头颅边,现在应该挂着他小弟的小弟。

"给他穿件衣服。"公鸭嗓拉了把椅子坐在我旁边,点了根老刀。

三分钟后,我换上了一件不太正式但很舒适的常服,捧着一杯热茶,和公鸭嗓对坐桌子两侧。

"如果按你的思路来,我们应该在那个男人身上发现什么。"帽檐遮住了公鸭嗓的半张脸,我只能看见他一只眼睛,"可现在什么都没有,你还有什么高见呢?"

"外面的集市还开着吗?"

"开着。每月一次,一般都开一整天。"

我算了一下,我的期限是三天,集市持续的时间,自第二天中午起,到第三天中午结束,真像是特意为我设置的。

"辛苦你的小弟们跑一趟,"暖意已从双手传递到全身,我把茶杯放下,"出去看一眼,卖布的摊位,只有灰色的布,那个摊主肯定还在扯嗓子喊;卖皮制品的摊主,眼珠跟冷血动物一样,是竖起来的;水果摊上卖的都是往年我们这时候吃不到的水果……"

"不用看了,我是个聪明人,"公鸭嗓打断了我,"这次的集市不太对劲,不过你到底想说什么?"

"我知道你很急,但你先别急。"我喝了口茶,发现这不是龙井,"所有摊位的摊主,他们衣服内衬的颜色都是土灰色。"

"土灰色?"

"是的。"我把嗓音压低,"他们都是第三司的人。"

声压席卷房屋,仿佛第三司是什么不可触碰的危险之物,屋里变得格外安静。公鸭嗓敏感地看了看三个小弟,小弟们大眼瞪小眼。小弟二号突然被自己的烟呛到,开始大声咳嗽,咳嗽声挣脱不了这密室的束缚,在狭小的空间里来回碰撞。我起身把那杯茶给二号递了过去。"不会抽你抽你妈呢。"等二号停止咳嗽,公鸭嗓又掏出一根烟叼在嘴上,然后把打开的烟盒递给我,我摆手,他低头把烟点燃,"继续说。"

"第三司肯定不会承包大集赚外快,他们又不缺钱。有纸笔吗?"我做了几个手势,小弟们已经对我没什么敌意,很快就拿了纸笔放在我面前的桌子上,"他们的行为,一定是为了他们的核心目标。那他们现在的核心目标是什么呢?抓住那个通缉犯。"

公鸭嗓的瞳孔定格了几秒钟:"你的意思是,这场大集完全是为了那个通缉犯准备的?"

我点点头:"显然,第三司已经找到了一些关于通缉犯'特征'的端倪,这场大集就是为了确认这个'特征'准备的。"

我拿起笔,在纸上飞速写下了四行字。

演出:舞蹈、会飞的物件、舞龙、大头娃娃。

布摊:各种形制的布料,都是灰色的。

衣帽摊：蛇、鳄鱼、虎、貂、狐、蝎子、蜈蚣。

水果摊：热带水果、反季水果。

我说道："咱们现在已知这些，能否拼凑出什么跟特征相关的线索？"

"这个，每次大集都是这样。"公鸭嗓夺过笔，把第一行的"演出"划掉。

"下面这些，之前的集市上没见过。"公鸭嗓又在下面三行旁边打上勾。

"大哥，我有个问题。"二号怯生生地说，"第三司这么做不太符合常理啊。"

"轮到你说话了吗？"公鸭嗓把烟头一弹，"你懂个屁你懂？"

烟头不偏不倚，正中二号的胸口，二号根本没有躲避，显得有些委屈，接着畏畏缩缩地举起了手："大哥！"

"说吧。"

我想了很多难过的事才憋住笑。这些县城的老油子，不说无恶不作，也算是危害一方的蛀虫。结果，手下向领导汇报，居然要像小学生一样举手发言。

"大哥，第三司的做法不太符合逻辑啊。按照我们平时的套路，只有需要暗中抓人的时候，才会乔装打扮隐藏起来，但他们第三司抓人根本不用躲着谁。如果是想暗中观察收取线索的话，那也应该派几个眼线去对方的必经之路上蹲守啊。但是咱们跟了那个男人半天，他连那场集市的边都没踏进去过！他都不来这场集市,怎么试探他?"

"有道理,不愧是我的人。"公鸭嗓拍了拍我,"你觉得呢?"

"有道理,不愧是你的人。"我很郁闷,因为真的有道理。

搞这么大阵仗,要发现那个男人的特征,却借着集市这种洋洋洒洒,毫无针对性的形式。而且如二号所说,如果是为了了解那个男人,第三司做的全是无用功。但第三司只是神秘,不是蠢,一定是为了什么,才布了这场局。

我看向公鸭嗓,公鸭嗓这时刚从烟盒里拿了一根烟出来,我们的视线就对上了,他低头想把烟装回烟盒,塞了两下没塞回去,抬头看了看我,又回头看二号,二号有点手足无措,公鸭嗓弹了下舌头,伸手把这根烟丢给了二号,又抽出一根新的,低头给自己点上。

二号没接住,他俯身把那根烟捡了起来。

我的思路被带偏了。在遇见他们之后,我的思路就彻底被带偏了。

我需要回到遇见他们之前。

我问公鸭嗓:"之前的集市也在这个位置吗?"

公鸭嗓猛吸了一口,摇摇头:"之前比这还长一些,几乎从大马路这头办到那头,这次有点寒酸了。"

对了。

第三司的局不是为了那个男人做的,是为我做的。

打火机转轮的沙哑摩擦声撞进了我的耳朵里,然后是二号唯唯诺诺的声音:"大哥,那个,借下火。"

"别说话!"我盯着桌面上的那张纸。

"你抽你妈呢你抽!"公鸭嗓用的气声。

如果这是一场针对我的考试,第三司就是出题官。这局是做给我看的,这也是题干的一部分。集市的目的如果是筛选,那什么样的人,会被这些奇怪的摊位筛选出来呢?

我喝了一口热茶,闭上双眼,手指轻轻抚摸着身上衣服的面料,摊主高声的吆喝就在耳边,我仿佛又回到了今天下午,那个喧闹的集市中。

我的手正在布料之间游走,确认它们的制法和原料。这时,身边来了一个五大三粗的壮汉。

"大哥要来几尺布?"

"不是,我说,你会不会做生意啊?"壮汉瞥了几眼摊位,眉毛皱在一起,"你这布怎么都是一种颜色的,谁买啊,买回去干什么,给墙上抹灰?"

"大哥您说笑了。"摊主还是笑意盈盈的表情,热情地介绍起来,"这些布颜色明显不同,有暗灰、炭灰、昏灰、银灰和亮灰。"

"你当我没长眼啊!这明明都是一个色。"

摊主向我投来求助的目光:"这小哥,你给评评理,这些布料的颜色一样吗?"

我没理他,把目光转向另一个摊位。一家三口在那家卖皮制品的摊位前驻足，女人怀里抱着的孩童只看了那个罐子一眼，就把头偏了过去，哭着喊道："走走走！妈妈我怕！"

女人耐心地安抚道："没什么可怕的呀，蝎子、蛇、蜈蚣……这些都是你长大以后出门会碰到的动物。"

丈夫对这一切毫不关心，在摊位上扫了一眼，便移开了。好像只在乎家里缺少什么，逛街的目的性很明确。

扭过头后，他掏出手帕，擦了擦额头上的汗。

现在约莫是秋天，天气已经转凉了。

他的手在抖。

他其实是在害怕。

我走到售卖热带水果的摊位旁，一个跟我差不多大的男子急匆匆跑了过来，撞了我一下。

他左顾右盼，用手指迅速点选了几样水果："这个，这个，还有这个，一样给我装一袋，我先把钱给你，等会儿回来……"

"又不听话！"一个年轻女孩冲到他身边，有些嗔怪地打了他伸在摊位上的手，"吃吃吃，就知道吃这些破玩意儿，又贵又少，真不知道有什么好吃的，每次吃完嘴都肿，还吃！"

我一下睁开眼睛，集市消弭于无形，眼前只剩下昏暗的房屋和大气都不敢喘的四个人。

"我知道了！"

我腾的一下站起来，茶杯都被我打翻了。

"通缉令上那个'此人具有与众不同之大特征'，并不是指外在相貌,而是接触某种事物后有与常人明显不同的反应!

"比如说,那个摊位上卖着色差不明显的布料,在色弱或者色盲人群的眼中,它们的颜色就一模一样。

"再比如说,有些人毛发过敏,他们当然就接触不了那个卖虎皮貂绒的摊位。有的人天生惧怕蛇虫鼠蚁,就会对那个摊位避而远之。还有的人对某种水果过敏,连碰一下都不行。

"只要按照今天的做法,控制住那个男人,从那几个摊位上拿到几样典型物品,放到他身边,观察反应——

"对,我揭开第三司和通缉令的谜团了。"

我激动地看向他们,他们疑惑地看着我,我和他们对视着,心里骂他们四个全是笨蛋。

"没听明白?"

"早明白了。"二号举手说道。

公鸭嗓猛吸了口烟,那烟前面的烟灰积攒得挺长,他挥手用力把烟屁股砸在地上,"妈的,玩儿老子?"

一号像看傻子一样看着我:"大哥大当初就是这么说的啊。"

"你他妈的真的进过第三司吗?"公鸭嗓在房间里缓缓踱步,"如果你真的进了第三司,不可能不知道,当时我大哥去提供线索的时候,说的就是,那个男人怕蛇。"

"根本不需要什么盛大的集市,大哥早就把这些事分析出来了。"公鸭嗓走到三号身边,劈手夺过左轮手枪,"你噼里啪啦分析了这么多,说的全他妈是我们知道的事。老子没耐心了,你给不了老子有价值的信息，你就没价值，你就只是个害死我大哥的狗杂种，你能做的只有偿命。"他抬手，黑洞洞的枪口正对我的眉心。

等一下。我刚刚明白过来的事，那个掮客早就知道了？我落后了这么多？"等等等等，那你们有没有试过虎皮？蛇皮？芒果……颜色呢？"我舌头开始打结，"就像你做数学题的时候找对了公式，但是数据错了，最后结果也不对。"

公鸭嗓沉默了片刻，"听不懂，你在说你妈呢。"

他扣动了扳机。

我极其痴迷于看恐怖片。

其实小时候我很胆小。连看完《勇敢者的游戏》这样的合家欢电影，到了晚上我都要蒙着头睡觉才安心。我刷牙时不敢正对着镜子，因为我怕看到厕所镜子里会冒出奇怪的东西，我也不敢背对着镜子，因为我怕镜子里会伸出来什么东西，所以我每次刷牙，都靠着墙站，左右两边都能看到，无论是镜子还是厕所里出现了什么东西我都能第一时间察觉到，然后抓紧时间逃跑。

直到上了大学，我那几个室友提议关灯看恐怖片，在大家的插科打诨里，我渐渐开始爱上看恐怖片。后来毕业后，我一个人在房子里看恐怖片。我最喜欢的是伪纪录片。

但我一直无法明确说出喜欢恐怖片的原因，曾经有位朋友发过一条状态,她认为看恐怖片其实看的是人类求生的欲望,世间所有的恐惧归根结底都是对死亡的恐惧。不过她设置了一个月可见,我忘了具体的文字。如果熬过这一劫,我一定回去让她给我截图看看当时那条状态。

在这个瞬间,我终于彻底感受到了这种归根结底的恐惧。

撞针弹击的声音在我脑袋里徘徊,我一直在等待着疼痛,但它迟迟没来。

公鸭嗓把枪扔给手下,颓然坐在椅子上。

三号举手发言了:"大哥,看来他真的不知道更多事了。"

"结识你之后,你的种种表现,曾经让我真的感觉你和我们不一样,我以为你比我们都聪明,你真能看出一些我们这些人看不出的东西。"公鸭嗓拍拍椅子,示意我坐下,"现在看来,大家都是普通人,没什么区别。"

我坐在椅子上,感到一阵恍惚:"那枪……"

"眼下是什么光景,谁能随意承受枪杀一个人的代价?"三号说,"枪拿着都是吓唬人的。真想弄死你,我们一般会在你身上绑好石头,给你沉江里去。"

"对不起,"信息量好大,"没能提供更多的信息。"

公鸭嗓又点起一根烟,抽得我胸口直发闷:"大哥说出那个人怕蛇的时候,并没有给我们更多的信息。其实,我觉得你刚才的分析没有错,只是得出的结论好像是明朝的新闻,对我们来说太滞后了。"

原来这个时代处于明朝之后,这是一个关键信息。

"算了,就这样吧。"香烟好像再也提不起公鸭嗓的兴致,他用手掐灭烟头,为我拉开房门,"你走吧,我们互不影响了。你查你的,我们查我们的,就剩下一天了。"

他看着门外,像是在等人。

我起身离开。我知道他在等谁。

没人阻拦,也没有人再跟踪,我浑浑噩噩地回到弄堂前,抬头看了看我的住所,一片漆黑,它也像一位格格不入的旅人,闯入了远处张灯结彩的大集之中。

我的脑海里忽而响起两个声音。

一个是公鸭嗓。

"我还以为你真的跟我们不一样,现在看来,大家都是普通人,没什么区别。"

另一个是我熟悉的声音,但他不属于我认识的任何一个人,更不是我的嗓音,他来自我的脑海。"我希望出现一些什么事情,能把我从这无聊的日常当中拯救出来,无论什么也好,因为我注定要做特殊的事,成为特殊的人,我只是被困在了这副躯壳里而已。"

我才不是他妈的什么普通人。

我一步跨进弄堂的过道,敲了敲一楼的门。

我要会会那个男人。

屋里传来轻柔的脚步声,趁着对方还没开门的工夫,我"噔噔噔"跑上楼,链锁完好无损地挂在门上。为了确认,我打开锁,在屋里仔细查找一番,无人。

我跑下楼,王佩凤手里拿着一根擀面杖,略带敌意地把门打开一条缝,我用身体擎住门,直接钻了进去。

没隔断,没暗室,亲自站在这里,和从对面茶馆二楼看没区别,这就是一间一室零厅的小屋,排除那些充斥着生活气息的陈设,整体布局跟我在二楼的住所没什么区别。

床上放着一团毛线,还有两根织针。

"他在哪?"我开门见山。

"什么……"

我重重关上门,粗暴地打断了王佩凤的辩解,"告诉我,他在哪?"

"他出去了。"

王佩凤盯着我看了许久,最后才平静地说出了这四个字。不知道是不是因为要常年藏住男人的行踪,她显出一种和年龄不符的成熟。

我拉开衣柜,探查了每个角落,又俯身看了看床底,没人。

"这么晚打扰了。"我深深鞠了个躬,"但是我暂时不能走,你当我不存在,就该干什么干什么,我四处看看。"

话毕,王佩凤面无表情,竟然真的坐回床上,拿起两根织针。刚开始时，我并不知道她是在织毛衣或是围巾。随着线团逐渐变小，毛线一寸一寸地经过织针的打造，由线变面。

通缉犯就是那个男人，他有某种明显区别于常人的特征，这特征不是肉眼看身体能看出来的，他对某种特定事物的反应比我们强烈得多。

他在逃避这件事物，这件事物不会出现在一楼，可能会出现在二楼。

一楼和二楼的陈设基本相同，窗，床，桌，椅，门，都不是。

一阵响动将我从神游中拉了回来，我循声望去，是王佩凤从包里翻出了她的本和笔。

"你别动。"我一步迈到她身边，拎起她的包，横长竖短，跟我们熟知的公文包差不多，我抓起"公文包"边缘两个空荡荡的揪，"肩绳呢？"

虽然逛大集的时候没刻意观察，但画面还历历在目，集市上大多数人的包都是这种形制，但往往自制了两个绳子，方便打成绳结斜挎在肩膀上。

王佩凤不说话了。

"一朝被蛇咬，十年怕井绳。"我暗暗念叨了一句。我一直以为，人都是因为怕蛇，所以才怕绳子。但没准还有这样的人，因为怕绳子，所以怕蛇。

一楼二楼确实没有什么所谓的分别，至少我来到这里之后是没有的。这整个弄堂，整个屋子，都没有我要找的东西。因为那正是我来到这个世界后，一直在找的东西。

这里没有一根绳子。

深夜的第三司更显诡异。

穿着土灰色制服的工作人员不知疲倦地工作着，从门口看，每个格子间的窗户里都点着一根亮光微弱的烛灯。之前，光线照不到时，每扇窗口都像黑白照片的相框。

"你，有线索？"

吴平章依然瞪着那双大眼睛，他掉帧的动作现在看竟然有些顺眼了，深夜加班的人都是这种状态。

一旁油灯诡谲地跳跃着，猩红的桌椅被映得像是刚从地里刨出来一样，我一字一顿地说："通缉令上的犯人就暂住在我家楼下，他明显区别于常人的特征是——他怕绳子。"

话音刚落，所有第三司的灯光都熄灭了。

吴平章的脸隐匿在黑暗中，我听到了他牙齿交错的"咯咯"声，好像下一秒，他就要念出那句诗词。

一文带不走，唯有业随身。

忽而天光大亮，仿佛这个世界被快进到了天明。

吴平章顺滑地走出他的格子间，来到隔壁，两位土灰色的工作人员依然围在地上赌着什么。吴平章跨过指针形成的光影，俯下身在那光影之中摸索，竟然拽出了一根古朴的绳子。

等他回到格子间时，他左手持绳，右手掂着一个沉甸甸的布包，发出金币撞击的脆响，我把二者都接了过来，那绳子竟然比布包沉了好多。

白天，弄堂对面的茶馆二楼，靠窗的座位。

一群身着土灰色制服的人从窗外的大马路上急匆匆跑过，似乎要去逮捕什么人，他们看都没看一眼，直接略过了弄堂，那个男人不可能还在这里。

"还挺沉。"坐在我对面的公鸭嗓掂了掂那个布包，"这得不少钱吧，你留都不留一点？"

"你这个钱，在我那边花不了，只能当文物上交。"

"你那边是哪边？哪边真金白银花不了啊？"

"你走的时候别忘了把茶壶钱结一下。"我端起茶壶，对公鸭嗓说，"你是个聪明人，我先走了。"

"老子聪明要你说，快走快走，走了老子好抽烟。"

我转身走了两步，他又叫住了我："喂，"我仿佛感觉到他低头猛吸了一口烟，继续说道："明天还喝茶吗？我请客。"

我脚步停顿了一下，匆忙地应了一声"好"，然后快步离开了。

我回到了我的二楼，拿出绳子，想着是不是得明天找个电工才能把这灯绳接上去。这样，或许我还能趁着空闲时间去喝上公鸭嗓请的那杯茶，跟他道个别。没准我还能讲一讲我的过去，也不晓得他愿不愿意相信，但他的表情一定会足够有趣。正当我在思考耽搁一天的"后果"时，绳子的另一端却像被人提着似的，凭空悬起，直直插进了连接电灯的黑色塑料盒里。

这是我没想到的。

我喉咙里忽然像被灌满了水，又涩又厚，流不下去，淌不上来，像是一壶没有烧开的茶。

我还是拉动了绳子。

债 · DEBT · 债

陆

怪不得它叫雾灯。

司机盯着仪表盘上的绿色标志,由波浪、斜线和一个半椭圆组成,像是某个以眼睛为崇拜物的原始部落,将图腾涂鸦在车上。

随着雾灯标志亮起,车前的黑暗一下就变得稀薄了。

山坳里本不会有如此大雾,尤其是晚上。要么下雨,要么阴天,晴天少见,雾天更少见。然而,这座大山走势依江绵延,高速又依山而建,水汽丰沛,仿佛有个天然的加湿器,把本该落地的雨水加工成雾气,呼呼地灌进了山坳。

空气湿度大,轮胎轧过潮湿的路面,形成车辙,久久不散。明明前后都看不见同行的车辆,车辙却一直伸向远方,就像有什么东西被庞然大物拖进黑暗。

推背感逐渐放缓,这段由隧道和山间公路形成的长下坡终于到了头。沿途的警告标识多到令人发指——注意长下坡;货车检查水箱情况;事故高发地段;测试刹车性能;前方隧道;控制车速,谨防刹车过热;禁止骑自行车;禁止关灯;通行路段禁止下车;注意天空。

挡风玻璃外，雾灯的光柱之上，黑暗中出现了一排光源，飘浮在半山腰，下面是一条隧道的入口，像只巨大的灯笼鱼，游弋在雾气之中，依靠亮光吸引旅人步步走进它的血盆大口。

不过隧道很短，内部的灯带很亮，一眼就能看到隧道出口的黑。司机还没来得及把车速刹到限速之下，车辆已经驶出了限速范围。自适应大灯感应到黑暗，再次照亮，高速晃过了路边的标识。

洼服务区，430m。

司机从未见过单字命名的出口或服务区，标识牌也一般以5km、2km、1km、500m为界，很少会细致到十位数。

而且，司机似乎隐约在"洼"字上看见了一个红色的叉。

在高速公路上，不能倒车，不能掉头，错过的东西就错过了，没办法回头确认，但前面总会有新的际遇。司机心想，按照常理，一定还会有一个标识写着"洼服务区，出口"，到那里再确认也来得及。

刚想到这儿，司机的双脚轻轻抬起，引擎声音加大，像老黄牛喘气。

开始上坡了。

从此刻开始，每一步都是在驶离山坳。司机心情不错，前方再次出现光源，他知道又要进隧道了，便提前减速，把大部分注意力都分配到仪表盘上，让时速表的读数与限速吻合，因此，当车辆再次掠过写有"洼服务区"的标识时，他过了好几秒才反应过来。

比红叉更彻底,这次的标识上被人泼了几桶红油漆,"洼""出口"等字样都被盖住了,只能隐隐看清"服务"二字。在标识之下,司机的余光还隐约瞥见了建筑的轮廓。看来,这里确实曾经有过一个名叫"洼"的服务区,只不过现在被废弃了。

想起那些遗迹般的轮廓,司机一时竟说不上来,这片废弃的服务区和前不着村后不着店赶夜路的自己,到底哪个更孤独一些。

这条隧道也不长,但司机这次没超速,刚出隧道,大灯启动,路边又出现了标识牌。青蓝底,上面画着一个"P",一个加油枪,下面写着:洼服务区,430米。

一下子,司机觉得后排坐满了人。他没回头,也没通过后视镜确认,他知道肯定没人,但他还是不敢回头看。现在他满脑子都是"鬼打墙"三个字。

人一愣神,车就显得很快。司机刚回过神,远远便能看到另一个标识牌了,"洼服务区,出口",匝道下有一个加油站,几个停车位,冒着幽幽的青灯。司机咽了口唾沫,刚准备提速,就看到油量警报灯亮了。

警报灯看着司机,它一定要把司机从现实推进故事,推进传说,推进自我编织的惊悚之中。

车速渐慢,司机缓缓驶入加油站。他忽然想起件事,这让他很难受。

加油时必须熄火。如果那时出现什么意外,车辆将不再是他的好伙伴,而是累赘。

可是,如果在加油站不熄火,出了险情,这就不是故事,而是事故了,活在传说里,还是活在新闻里,司机总要选一样。

像之前做过的千百次那样,他把车靠在油枪旁边,熄了火,把车窗摇开一条小缝:"95号加满。"

"95号加满!"工作人员高声重复了一句,像是在遵守一种古老的风俗。他穿着工作服,戴着红色的帽子,口罩把声音变得闷闷的。

油枪插入加油孔,车像烈马被彻底拴在了柱子上,这几十秒肯定走不了了。司机无助地前后张望,发现身后的大山呈现出神奇的形状,就像层层嵌套的门。总之,山体之间有镂空的区域,虽然司机从隧道开上来,但依然能看见隧道下的景象。那个被泼了油漆的标识牌,洼服务区的位置,此刻灯火通明。

"加好了,430元。"工作人员让出位置,示意油枪上加油量的读数,又把胸前挂着的二维码递到玻璃前。

司机战战兢兢地扫码,"嘀"的一声,钱过去了。工作人员拧上加油口的盖子,轻轻拍了拍,车子就像脱缰的野马一样蹿了出去。

"如果他能安全到家,他的酒桌上又多了一段可以吹牛的故事。"盯着山下的灯火,工作人员这么想着。

按照现行标准,高速公路上每隔六十公里就要设置一个服务区。可这条高速旁边有江,有山,方圆二百公里内,两个隧道间的低洼处是唯一一个适合建造服务区的地方。

于是,服务区就这么选址,这么起名了。大部分经过这条高速的人,走向都和那位司机相同,因此,按照他开车的方向,下山驶入山坳的那条隧道叫做北隧,上山驶出山坳的隧道叫做南隧。按照规定,高速公路双向车道均需设置服务区,因此,洼服务区又分为西区和东区。

人从错误中总结教训,从教训中总结出规定,规定给人带来安全,规定总不会错的。所以这里一路上有很多标识牌。

在刚有服务区,没有那么多标识牌的时候,偶尔会有货车撞坏匝道的护栏,大家还以为那是个例。有天半夜,照例传来急刹车,紧接着是巨大的撞击声。工作人员披着衣服打着哈欠就出来了,拿手电筒一照,服务区的建筑外凭空多出了一截货厢。

货厢很新,锁得严实,看下面的悬挂,应该是超载了,货厢里满满当当。与之相反,货厢下的轮胎全爆了,有的甚至把轮毂磨去了三分之一,老司机一眼就能看出来是日积月累形成的,过去和现在和谐地交织在这辆车上。再仔细看看,货厢并没有好好放在建筑旁边,而是跟建筑接壤了。接壤也没有好好接壤,中间都是碎片、废铁和旧轮胎。有液体渗出来,用手一摸,猩红一片,还有股铁锈味,工作人员困意全无,拔腿冲回了值班室报警。

警察来了一看，发现了人体组织，和连接车头与货厢用的牵引装备，一下就明白了。这货车下了北隧，刹不住，冲进洼服务区，一头撞在建筑上，巨大的冲击力让车头陷了进去，所以只能看到货厢。

出了这么怪诞的事，却没人反思设计问题，只是说风水不好。没过多久，工作人员起床，发现匝道下面第一排的建筑彻底没影了，跟随它一起消失的还有住在建筑内的同事。取而代之的是，一辆速度更快，车体更长，超载更多的货车支离破碎地停在建筑本来的位置。

这下有人坐不住了。在北隧下坡的位置设立了密密麻麻的标识牌，还在南隧上坡的位置重新选址，建立了新的洼服务区。不过，受限于半山腰的地形，大量荷载都留给隧道了，不足以打下正常建筑的地基，因此新的洼服务区抛弃了住宿、维修和食堂，只剩下了停车和加油的功能，更像是个标准的停车区。

新洼服务区启用那天，老洼服务区的历史使命就完成了。作为事故多发地的西区只剩下断壁残垣和破碎货厢。相比之下，东区更倒霉，没出过事故，也被连带关停了。

说来也怪，自从老洼服务区关停，这段长下坡就再也没出过大事，最多就是超载的货车转弯不及，轻轻擦碰了主干道的栏杆。好像之前发生的一切，就是个简单的风水问题。时间一长，又有人打起了老服务区的主意，想在那儿干点什么买卖，可谁也不愿意冒这样的风险——夜深人静，正在美梦中徜徉，突然就被导弹一样的超载货车撞飞。

最后，还是货车司机们自给自足，完成了产业循环。

服务区由老搬新，最难受的不是在老服务区摆摊的生意人，不是老服务区的工作人员，也不是老服务区受害者的家属，反而是那些来来往往的货车司机。

人类对黑暗群山的恐惧是刻在基因里的。货车司机用了一整天的精力和困意对抗，和摩擦力、重力对抗，和生活对抗，终于安全脱离了长下坡。看到旧导航上显示的服务区，他们已经开始想象释放、热面、暖水和软床，却被标识牌上的红油漆打回到现实。完整的服务区变成了寒酸的加油站，要么睡在四处漏风的车里，要么再打起精神，一鼓作气开出大山……

折磨。

于是，三三两两的货车司机选择结伴留宿。

西区的匝道早就不能通行，被一人高的拦路石封死。但修建新洼服务区的时候，开了一条小路连接西区和新洼服务区来运送物料。新洼服务区建成，当初的运输通道也被保留下来，货车司机便由这里拐进西区，但他们也信风水。常规操作下，高速两侧的服务区通过涵洞连接，货车司机们便又从西区到了东区，从新洼服务区借来热水，接过交流电，互相照应着提防偷车贼，在废弃的东区旅店中草草睡下，第二天再分批上路。

久而久之，不少家住周围的货车司机发现了商机，他们怂恿老婆，老婆的亲戚，老婆的亲戚的朋友，放弃本来的生计，在未征得官方同意的情况下，悄悄潜入东区，稍微修缮一番，几个人做菜，几个人打扫卫生，几个人铺床，几个人收账，从山里的村镇接出水电，用自家的货车定期运走垃圾……

"山坳"里的桃源就这么形成了。

如果问货车司机，打算什么时候退休，大部分人的回答是，等哪天出了大事，直接就退了。对于旧洼服务区东区来说也是如此，如果没有刹车不及时的货车扮演武陵人的角色撞破一切，这个桃花源的泡沫还会一直持续下去。

我目送那个加95号汽油的司机离开。他走得很急，明明开的是前驱车，竟然连后轮都踩打滑了。

这并不难猜，他应该对于东区西区和新老洼服务区的旧闻没有任何了解。因此，当他第二次看见洼服务区的标识牌后，以为自己鬼打墙了，好不容易见到人气，加了油，一回头，又错把东区的亮光看成了刚刚经过的死寂西区，不跑才怪。

我回头看向层层嵌套的山间，雾气在空洞间飘荡，有点像溶洞里的地下河。司机们都以为是自己在驱车行驶，但他们只是顺流而下罢了。

随波逐流也是一种迷路。

不知道还要见识多少个不同的世界，可我竟然已经有点习惯了。这次我来到了群山之中，站了五分钟，刘海就被雾气打湿了，鼻尖尽是难闻的尾气味。我穿戴红白相间的衣帽，戴上防静电手套，成了新洼服务区的一名工作人员。

加油，是我仅有的两项工作之一。

听到车声后，我会从加油站的营业厅内走出来。不同的人开不同的车，不同的车加不同的油。

接着，我双手各抚摸一次油桶旁边卸去静电的小圆钮，拔出油枪示意油表归零，按动油箱盖使其弹开——有的车辆需要司机操作，在驾驶座找到按钮或排杆打开油箱盖。很多司机找不到，还需要我们一起研究一番。

跳枪，报数，补成整数，收回油枪。我今天生平第一次加油，但当我的手握住那些仪器的时候却已经很熟悉，我明确知道该怎么做，因为"我"记得，这是"我"的工作，"我"这一年以来的工作。

我在这儿有个师父，别人都叫她董姐。"我"没来的时候，她自己一个人守着深山老林，对付着来来往往的车辆和行人。我心里升起了一点对她的崇拜，不是不善言谈的我羡慕她见人说人话，见鬼说鬼话的世故，而是我觉得，她的存在一定足够强大，才能对抗这幽暗的山林，而不被它吞没。

白天，有顾客的时候，"我"加油，董姐收钱。没人的时候，我们都在营业厅里，她缩在柜台后面，拿着平板看剧，"我"则搬个小马扎，坐在门口，消灭那些杂牌到送不出去的成箱果汁，和刚刚过期的膨化食物。

晚上，董姐不在，加油收款都是我一个人。我回到营业厅，刚要从柜台上拿下一袋干脆面,柜台内那部黑色的座机电话便响了起来。

我从墙上拿下挂在铁钉上的文件夹,抄起笔,接过电话夹在耳边。

这便是我两项工作中的另一项。

"六台车,没错吧。"

我翻开文件夹,查看了一下今天的记录。

"对的,姐。"

"那下去干活吧,收账,收完账再值会儿班,天亮了我去替你,你可以休两天。"

六台车,四货二轿,共九个人。

我把文件夹卡在腋下,从柜台抽屉里翻出一个钥匙串,找到上面最寒酸的那把,卸下来握在手里,走到营业厅后面,连续按了三次解锁键,然后手脚并用,把门砸出了一个坑,终于打开,坐上驾驶位。当我要下车的时候,也得连按三次解锁键,我从未问过董姐其中的原理。

发动的过程倒顺滑了不少,车头灯非常亮,反过来把皮卡前排都照得透透亮亮。这车太大了,我怀疑它的前排能坐下五个正常体型的男人,一度认为开动这样一辆车需要 B 照或 A 照。车越大越破,一开起来,不管内饰还是三大件,车上所有的东西都有极大的移动空间,摩擦的杂音甚至超过了发动机本身的噪音,就像一个一边滚一边掉渣的魔方。

下山的路崎岖不堪,是由沙土铺成的,被货车轧出了棱棱角角,稍不沿着车辙行走,四个轮子就各走各的了。好在颠簸没有持续多久,道路一平坦,我就知道,自己已经到了西区的遗址。

群山的黑暗笼罩四周,只有眼前一方车灯照出的光亮属于我自己,这让西区跟大部分人烟稀少的服务区没什么区别,甚至好于那些年久失修的破败高速。刚想拐到前往东区的涵洞,我就在侧窗的黑暗中看到了两个圆滚滚的灯柱,只能照到我的车轮下面,一看就来自某辆低趴车。

我翻开文件夹确认了一下,开门红,接下来的工作应该很快就能结束。

我缓缓开过去,挡在灯柱前,留出了足够的安全距离,按下喇叭,摇下车窗,伸出手示意对方停车。

黑暗中的车辆和驾驶员一起发出尖叫,一切在发生事故的边缘暂停,一辆战损风硬顶甲壳虫跟我差点撞上,以目前的距离,我打开车门就会刮掉对方的大灯。

甲壳虫的硬顶缓缓收起,对方变成了一只敞篷瓢虫。车灯熄灭,车内突然亮起四个手机探照灯,死死盯着我,每部手机又连接了四部相同的云台,云台的主人是一位年轻女孩,扎着马尾辫,额头戴了一个发带。我猜她可能是网红。

我说明来意——从新洼服务区来到西区或东区,需要上交过路费五十元,这是董姐订的规矩,虽然听起来很不合理,但约定俗成，只要下了新洼服务区，就没人不遵守。

女孩心里似乎有熟读了的剧本，分阶段饰演不同角色，先扭捏求情，后摆出法条。原来她是一位户外探险视频博主，之前就听说这里有废弃的服务区仍在使用，也听过董姐定下的规矩，她以可以在视频里给服务区做推广为由，想让我把门票钱减免了。

我说不行，我们这里不需要推广，而且这也不是门票钱，我们这里也不是景区。

她立刻安静了下来，放弃了求情，沉默地盯着我看。我心里有点发毛，表示没有现金没关系，可以刷卡，不过要跟我回前台用POS机。她依旧一言不发。看来不是因为没带现金。

最后，她终于从兜里摸出五十元递给我。我伸手去拿，她把手移开，探头在我耳边说："这是你欠我的。"然后将钱塞进了我的裤兜。

她表示还要留在西区拍摄一些空镜，我驱车进入涵洞准备离开，回头看去，甲壳虫的大灯正好照亮遗迹，确实看不出来，那到底是建筑，还是货厢。

无人区的篝火晚会，焰火下的夜总会，地球最后的危险派对……雾气下的东区，像极了一场溺水的噩梦。

我曾去过另一个被雾气笼罩的地方。那是湘西一个不知名的村落，坐绿皮火车到达一个一周只有一班火车路过的县城站点，从县城车站坐辆大巴车到村子路口下车，再从村子里雇佣一个本地司机，他会开着一辆手动挡的报废车，带你开上一边是悬崖一边是茂林的盘山公路。大概绕过三次上下山，就会进入一个茫茫然的盆地村落，这里还剩下两百多常住人口。充足的雨水和荒无的人烟，让那里的树木疯狂滋长。得益于无人修剪，奇形怪状的树冠又串联成野性难驯的森林。

据说当年进行民族识别工作时，因为那个地方实在太过难寻，所以就错过了统计。等过了二十多年后，当地政府终于费尽千辛万苦修了一条崎岖的公路通进村里，当时正赶上第二次全国民族识别收尾，听到村里的老人说当地祖上是由过路的赶尸人聚集而成的，就直接将他们纳入了苗族的分支。

而我之所以去那里，正是因为毕业那年的夏天，学姐给我发了一条微信，问我要不要和她一起去做田野调查。她那时正在翻译一位清末传教士的日记，里面提及了此地的祭祀仪式，而据那本日记所载的细节，学姐认为这个村落和苗族没有任何关系。

当我怀着激动的心情，背着双肩包和学姐在火车站会合时，我没有想到，伴随着心动而来的，是无尽的遗憾和错过。

我们在那里待了两个月，因为村里的老人都不会讲普通话，我们只能趁着白天将所有内容通过摄影机录制下来，晚上的时候利用微弱的电话信号请懂湘西方言的同学帮忙翻译，转化成文字后，再分门别类归纳为笔记。中间赶上立秋，那天秋高气爽，林间雾气消散，从早到晚一整天，村里都在进行盛大的"赶秋"仪式。我们拍了很多照片，分享了村里人送来的小麦酒，并排躺在两张吊床上,看见漫天银河压在我们身上。学姐说她以后一定会成为了不起的人类学家,我说我也这么认为。

"那我会成为什么样的人呢?"我问学姐。

"你想成为的任何人。"学姐说。

正说话间,一颗流星忽然坠落,我来不及眨眼,也来不及喊学姐一起看它。

后来,我查过流星观测预告,也查过世界流星论坛,并没有人拍到那颗流星。就好像它仅仅为纪念我们的那一刻而来。

两个月后,送我们进山的司机如约来接我们出山时,我曾以为那将是我灿烂新人生的开始,然而从那天起,我更像是永远浸入了那团散不开的雾里。

回程的火车上,学姐将相机 SD 卡送给了我,她开玩笑地说,这估计是我这辈子最后一次田野调查了,留个纪念。而我那时正忙着办手续和租房搬家,直到半个月后才打开那张 SD 卡。当我准备给学姐发微信,却在微信群里看到院里一位教授说,学姐去了南美洲做田野调查,据说在热带雨林深处有个新发现的部落,存在着对部落中的早夭婴灵进行祭祀的习惯,这和学姐申请博士资格的论文选题方向很有缘分,所以她直接买机票就走了。而我也没有发出那条关于疑问的微信留言。

车从涵洞驶离,我被道口路灯晃了下眼,思绪也被晃回车上,开始思考怎么完成董姐交代我的事。靠近北隧的角落,是东区的加油站,它和新洼服务区形成了某种诡异的对称。靠近主干道的地方是货车停放点，再往山里一些，是轿车的停车场，靠近山崖的地方，有一排二三层不等的建筑群，由南到北依次排列，卫生间，超市，食堂，旅馆和修车铺。

大雾之中，不要到停车场查车，这是董姐给我的叮嘱。除了杀人犯，只要进了东区，肯定住在旅馆，吃在食堂，没有在车上吃泡面，睡后排的理由。

建筑总归比车更像家。

按照董姐的吩咐，我挨个门洞看了看。男厕所只有管道的呲水声。我不可能像董姐一样，大摇大摆地迈进异性的如厕空间。不过，记忆中纯女性搭乘的车辆，只有那辆甲壳虫，剩下的女性都是和男伴搭伙的。

超市更是门可罗雀，一个年轻男孩在收银处，用透明的塑料袋收好没卖完的烤肠和茶蛋，准备拿到食堂去。我刚要往里走，他就递给了我一张五十元纸币。顺着他的目光朝里看去，一个秃顶的中年男人孤零零站在时尚杂志的柜台边，目不转睛地盯着封面女郎，双手都在外裤内耸动。

我轻手轻脚地从超市退出来，去食堂转了一圈，没有看到顾客。原本指望能在这里遇到几位正在吃宵夜的司机，不仅能收账，还能蹭点夜宵。

来到旅馆，吧台后是个比董姐岁数还大的女人，已经抱着收音机睡着了。吧台上放着今日的住客登记名单，和已经收好的过路费。

少了五十。

我仔细核对起来。

六台车，九个人，甲壳虫的美女说我欠她五十。

还剩五台车，八个人。

在超市里打飞机的男人，自己开了一辆短途半挂。

还剩四台车，七个人。

旅馆登记了三台车，一对夫妻押着一辆冷藏车，三个司机轮换开一台十八轮的进口SUV运送卡车。

还剩一台车，两个人。

我想起董姐的叮嘱：

"只要进了东区，肯定住在旅馆，吃在食堂，没有在车上吃泡面，睡后排的理由。

"除了杀人犯。"

柒

对照文件夹内的记录，我很快确认了"失踪"的两人一车。那是一台新能源小型货车，大体类似我们在城市中经常看到的那种用来搬家的车辆，车牌号是PA002。

我回到皮卡上，挂了一挡缓速行驶，穿梭在东区的货车停车场，找寻PA002的踪迹。为了避免遗漏，我在打开车灯的同时，也从车里点亮手电筒，伸到侧窗外，照亮车灯的死角。

手电筒的功率不如车灯大，光线就像被溺在雾气中。手一摸，手电筒的前玻璃罩湿润一片，我把它收回怀里，用衣料蹭了蹭，情况也没好转，光在雾气中竟然扭曲起来，像一层一层摇曳的旋涡。

影视剧中的废弃车场里，废车废料往往故意摆放得犬牙交错，片场灯光打过去，连影子都是戏。可东区只有一片空旷，远处仍亮灯的服务区建筑群是汪洋中的灯塔，而我就是黑浪中点亮孤灯吸引猎物的捕鱼人。

我没找到PA002，甚至没看到其他货车——为了方便，大部分货车司机都会直接把车停在旅馆前。在这个半废弃的地方，规矩是重新立起来的，一切旧框架都失去作用。

皮卡缓缓前进，我的手电筒发现了一辆隐藏在黑暗里的车。它在侧面，皮卡转弯半径大，机动性很差，我连打方向盘，一挡倒挡来回推，终于停到了它面前，折腾了一圈，发现还不如直接跳下车走过来更方便。

眼前是一辆硬顶甲壳虫。颜色和我刚刚在西区见到的那辆一样。

不过，它的车况比刚刚那辆车差得多，大部分都被尘埃和污垢覆盖，露出的部分更是破败不堪。沾染着深色污渍的挡风玻璃已经碎了，但是没彻底散开，这是防爆设计的功劳，如同两张巨大的蛛网一前一后罩住甲壳虫。硬顶露了个大洞，车灯碎了一个，电线蔫头耷脑地扯出来，和脱落的保险杠倒向同一侧。时间本是平顺的河流，但它却落入了湍急的瀑布之中。

绕着车走了一圈后，我马上用鞋底蹭开了前后车牌上的泥渍，看到车牌号和那辆登记过的甲壳虫并不一样，我长舒了一口气。

我准备暂时抛弃皮卡，徒步四处转转。走出去两步，回头正好看见甲壳虫的后备厢，那里已经因为曾经的撞击深深地凹陷了进去，再也无法紧密地贴合。里面的黑暗正透过缝隙注视着我，我鬼使神差地走了过去，掀开了后备厢。

里面静静躺着两张车牌，四部扭曲的云台，都盖着厚厚的灰尘。

车牌号依稀可见，正属于我在西区碰到的那台甲壳虫。

"这是你欠我的。"好像又听到了这句话，耳边开始发痒，好像有风吹过。我盯着这辆车，"时间"这个概念在我的脑子里开始不断旋转，成了一个旋涡，我感到一阵恍惚，觉得这个世界不是真实的。

这个世界本来就不是真实的。这里只是我完成任务的舞台，甲壳虫不过是道具，其他人都是演员，我只需要找到PA002就行了，其他的我一概不用关心。

我只需要找到 PA002 就行了。

又搜寻了几圈，停车场一无所获，我回到皮卡上，准备再走一遍服务区的所有建筑。刚开了不到 50 米，我忽然觉得哪里不对，甲壳虫后备厢虚掩的状态反复在我眼前重播。我的后背发凉，我回头，盯着椅背后面，那里什么也没有。

我停下车，抄起副驾上的扳手，来到皮卡后斗，单手撑栏，一跃而入。

那里什么也没有。

我把车开回食堂前，熄火下车，跟其他服务区类似，食堂用了旋转门和长条的落地玻璃，外面的人也能清晰看见里面整齐摆放的圆桌，铺着简易的塑料布，椅子倒扣在桌子上。

接着，灯灭了，我的眼前一片黑暗。

食堂里传来脚步声和铁链碰撞的声音，一个穿着夹克的身影走出来。董姐曾告诉我，山里的四季并不分明，如果非要定义，也只有一种季节，就是潮季。除了穿短袖和穿棉袄的寥寥几天，剩下的大部分时节，从长袖衬衣到摇粒绒，同一天内遇上的人里穿什么的都有。

那人的夹克比我的工作服厚了不少，这不稀奇，稀奇的是，这旋转门居然上的是链锁。

趁着那人锁门的工夫，我上前攀谈。他比我矮了一头，圆寸，脖子比宇航员还粗，密密麻麻的新胡茬从下巴一直蔓延到耳下。

"师傅，您是这儿的厨师？"

师傅懒得抬头，慢悠悠地回了一句："是啊。"我忽然想起了热心市民侦探和公鸭嗓，觉得这时候应该递过去一根烟，可身上只有扳手、手电筒和文件夹。

"那来这儿吃饭的您都眼熟吧？"

"熟啊。"他的锁好像有一块锈上了，我上手帮他掰了掰，"这两天切菜、下锅、上菜、服务员、洗碗都是我一个人。"

到目前为止，任谁听到他的话都不会觉得有什么问题。

他锁上门，朝旅馆走去。我估计他也住这儿，也跟了上去。

我说："我来帮董姐收账的，有俩人找不着了。"

"你是董姐刚招的吧？"他白了我一眼，思索了一会，说，"哦，今天我记得有个人，很怪。"

"嗯？"

"他一个人来吃的饭。"

"嗯。"

"嗯？一个人吃饭，然后呢？"

他说："跑长途的，哪有一个人的？除了那个秃顶猥琐男，谁想跟他一起押车……"

哦，那个超市飞机男看来是这儿的名人。

我说:"那两个人轮流吃饭也很合理啊……"

"你是真不懂啊。"他看我的眼神像在看白痴,"你当跑长途是旅游?争分夺秒的时候,性别、道德、情分,在这种地方都模糊了,车里装着货,唯一的目标就是赶紧到目的地脱手。"

"那人……你认识吗?"

"眼熟,又有点眼生,应该来过,但次数不多。我就记着是个圆脸。"

他口中的怪人不是我要找的目标,PA002上有两个人,按他所说,他们不会分开吃饭。

我道谢,放缓脚步,这个厨师大步流星,很快就迈进了旅馆。食堂旁边就是卫生间,很简陋,类似早些年山区景区那种临时搭建的板房厕所,二十四小时充斥着水管漏水的声音。我刚要走进男厕,里面钻出一个人,穿着厚厚的保安服,戴着棉帽,像是东北人才有的穿着。他粗着嗓子喊:"别去了,里面修着呢,去女厕对付一下!"

"女厕所不能随便进吧……"

"那你就去外面随便找个地方解决一下。"他抬起眉眼和我对视,这一看,我的心脏像是坐了过山车,忽然一下就失重了。

他长得和刚才那个厨师太像了,如果他没穿保安服,而是换了一身夹克,我肯定分不出来谁是谁。

"你是不是有个兄弟也在这儿上班啊?"

"你他妈有毛病啊。"

他白了我一眼,离开了,走的是和旅馆相反的方向。我真想追出去,把他拽到旅馆,看看究竟是不是两个人。可转念一想,是又怎样,不是又怎样,这跟我并没有什么关系,我要找的是PA002。

我没进男厕所,也没进女厕所。在门口等了一会儿,女厕里没有声响,就连男厕里也听不出有人在修什么东西的样子。

卫生间旁边是旅馆,走进门的时候,我闻到了一股浓厚的樟脑球与杀虫剂的味道。旅馆前台的大姐听到声音,又抱着收音机在吧台后面的床上坐起来。发现她也长得跟厨师、保安有点像的时候,我倒是不那么诧异了,有可能这里是个家族产业。

"几位住宿……"她睡眼惺忪,嗓音很垮,"哦,新来那个帮董姐收账的啊,找到人没?"

我摇摇头。

"你没找到人,有人要找你。上去吧,二楼最边上那间屋子,出楼梯往右边拐,别走错了。"

"啥?"

"楼上有人找你。"

"找我?"

"找你。"

"找我干啥?"

"找你又不是找我,我哪知道找你干啥。"

我怔怔朝楼梯走,总感觉台阶比我印象当中要更高一些。

我要找的人,也在找我。

但是就五十块钱的事,至于吗?我这么想着,注意力又来到脚下。台阶是不知名的石头铺成的,上面有不少碎花状纹路,防滑踢脚早就不知所终。扶手漆了红色,活儿干得劣质,气泡不少,让人有一种错觉,好像去摸就会沾满手。这里令我觉得熟悉,小学教学楼的楼梯间很多就是这样的。

楼梯尽头是个铁拉门,从上到下,直到举架,没有留下一丝空隙。不过这扇门看起来像常年开着,为锁闩预留的位置都已经锈死,也起不到任何防盗作用了。二楼走廊之上还有楼梯,那里的铁拉门被锁得严丝合缝,看起来很久没人推开过了。

我闻到了烟味,和一股阴冷的异味,低头一看,脚下居然铺着地毯,踩上去却和石头一样硬,边缘翻毛,烟洞遍布,就像死去许久的动物留下的毛皮。依吧台大姐所说,我来到走廊尽头。

走廊尽头的门露了一条小缝,里面透出闪烁的白光,亮度不高,但在这昏暗的走廊里显得格格不入。我渐渐走近,隐约能听见嘶哑的电流声,像老式收音机发出的声音。我停下脚步,回头看了看,走廊里仍然空空荡荡,如果有人在跟踪我,我一定会发现的。电流声愈发刺耳,我的喉咙感到一阵干涸,害怕贸然进入会惊扰到门后的生物。我敲了敲门,没人回应,电流声依旧沙沙作响。

我推开门,看到了我自己。

门内是一台老式电视机,放在一张凳子上,正对着门口,画质不太清晰,闪烁着雪花,看不清人脸,不过还是能分辨出,画面上正是此时此刻的我。我走进了房间,电视机附近应该藏着一个摄像头,但周围太黑,我没有发现在哪。我没找到房间灯的开关,但环视一周,这就是一个很普通的快捷酒店房间,空无一人。我扭头看向门,门开着,没有异常,屏幕发出的光亮刺入了昏暗的走廊。

我回头看向电视机,想找到那个摄像头在哪,但这时候,通过电视机上的画面,我看到我身后有人。

身后传来一声巨响,我猛地回头,有碎屑落在我的头上。
"杀青啦!"
是她。我的债主。
"你这几段真的很精彩欸,惊喜惊喜,素材完全够了。"她笑盈盈地说。

是伪纪录片还是恶作剧视频?那辆穿越时光的甲壳虫就是原先那台,车牌和旧云台都可以提前准备好,利用现场的泥土灰尘也可以很轻易营造出简陋的效果,但天色太暗,我来不及分辨真伪。

但我一点也没生气，相反，我甚至觉得如释重负，我不欠你的了。我是被扔到这个世界来的，我不知道来这里的原因，只知道来这里的目的，找到那根绳子，然后离开这里。既然我注定要离开这个不属于我的地方，那最好就不要跟这里的任何人扯上关系。我突然开始自我疑惑，在现实世界里，我是不是也是这么看待我与别人的关系的。我的确没有太多朋友，我厌恶任何形式的互相亏欠，即使是精神上的。

"留个联系方式啊男主角，片子剪出来给你看啊。"

"我没有联系方式，但你来这里就能找到我。"你找不到我的。

"哟，这么大牌啊，那可说好了啊。"

"好。"这很不好。

她走进房间，我也准备离开，错身时闻到了她洗发水的味道，我的脚步停滞了一刹，想起PA002，回头叮嘱她说："我有两个人的账一直没收到，那两个人有点可疑，你一个女孩子，注意安全，要没什么其他事情，休息好就赶紧走吧。"

说完我就后悔了，我没想到她脸上立刻露出了兴奋的表情，"那你现在要去找那两个可疑人员吗？等我收拾收拾，你带上我呗！"

我随即关上门，跑下了楼。

她摄像头下的我，会是什么样的呢？

田野调查结束的半个月后，我才将那张学姐送给我的 SD 卡插进电脑。里面都是调研阶段收集的各种资料，有语音、视频、照片和采访录制。学姐已经做过了细致的分类，把不同的内容放在不同的文件夹里。我按部就班地整理着这些资料，直到我打开了最后一个文件夹，这是唯一一个没有命名的文件夹。

文件夹里全是我的照片。

我后来无数遍看过这些照片，近景、远景、特写、正面、侧面、背影，我看到自己在专注、在欢笑、在扭捏、在休憩。那是两个月的独家记忆，不仅是属于我的，也是属于学姐的。

我以为学姐眼里只有调查对象和学术理想，从没有想到，在她的相机里，会藏着无数的我，她眼里的我。

我曾经憎恶自己的拖延症，也憎恶命运的阴差阳错，但我知道，我最应该憎恶的其实是自己的懦弱。我害怕被拒绝，害怕与人建立联系，害怕退回原地，而错过的那张 SD 卡，不过是我自己的呈堂罪证。

我来到一楼吧台前。

"姐，PA002 真的没来过？"

"只要来了的，必须登记，登记表上没有就是没来。"

"你之前有没有遇到过这种情况？从加油站那儿下来，不住宿，人和车一起丢了……"

"后面那个没遇到过。不住宿的真有。那时候这边刚重新弄起来没多久,有个货车司机熬夜开过来,吃着吃着饭就不行了,硬撅撅一躺,没救回来,那可不就没下来住宿嘛……"

我离开旅馆,进入超市。

大多数服务区的条件都比不上市中心,不过,它们超市的货架永远横平竖直,上面的商品分门别类,整整齐齐,比市中心的便利店整洁千万倍。像某种特别的欢迎仪式。

没什么人来,自动感应开关门播放的"欢迎光临"声音非常清脆。我买了瓶运动饮料,付钱的时候跟收银小哥打听起PA002的消息。走了四个建筑,终于有一位服务人员的脸和厨师长得不一样了。

我一边听他说着,一边在心里默默用了排除法,已经交过钱的,小哥基本都眼熟,也能跟车对上号,只有一个方脸男人,三四十岁左右,匆匆来匆匆去,买了茶蛋、烤肠和一大桶水。

买了这些东西,肯定不会再去食堂吃饭了。看来,PA002上的两个人我都能对上了,也不知道他们犯了什么毛病,不给钱,也不一起吃饭,还集体"失踪"了。

"哎?你是不是没去那边看过。"收银小哥的手指了指门外,我顺着那个方向看过去,只看到黑暗。

"那边不就是山了吗?"

"没,那边还有个修车铺,估计灯都被货车挡住了吧,没准这俩人车坏了,一个人先去吃饭,另一个人买了点速食陪着师傅修车,所以你才找不到他们。"

很合理。

我赶紧朝黑暗中跑去,一辆超长十八轮卡车的轮廓渐渐在大山的掩护下显露出来。我绕到车辆那头,果然看到了一个简易平房,和一盏小灯泡。灯火摇曳下,一个穿着工装的人正单脚踩上车轮胎,又落下,似乎在做最后的调试。

这里没有新能源货车。

听到声响,修车工抬起头,他的上半张脸被车斗挡住,只有下巴被照亮,我看到了密密麻麻的胡须从下巴一直蔓延到耳根。

我走近,是有胡子的圆寸宇航员。

"师傅,您不是这儿的厨师吧?"

问完这句话,我自己都觉得奇怪。

他更觉得奇怪,愣了几秒,"我像厨师?轮胎能吃不?"

厨师,保安,修车工,他们连声音都一模一样。在这件事上,我决定问出这句话,但这也是最后一次。

"师傅,那你亲戚也在服务区上班吗?"

修车工看着我,摇了摇头,指着边上一块轮胎:"边上刚拆的烂轮胎,你要就拿走嘛。"

我赶紧转移话题,问起该问的事。

"今天还真有个新能源货车来。"他把脚从车轮上拿下来,似乎要等待什么,不知道是等胎压升降,还是补胎的材料凝固,索性跟我聊了起来。但我知道他不是热心肠,他只是寂寞太久了。

"那车应该刚走不久,来的时候,停得可猛了,差点撞到这卡车。估计这新能源车确实不好开,所以我也没说啥。我当时正在专心修车,看到他们就喊,问他们怎么了,也没人应,我走到车旁边看,那个副驾驶就靠在那儿,有气无力的,司机端端正正坐在那儿,听到我来了,才拉开车门下车。

"怎么形容呢,就很怪,像在菜市场看到活鱼去鳞的时候一样,身子一扭曲,就弹下车了,吓老子一跳。

"我问他车怎么了,他也不说话。接着,副驾驶那个人好像轻轻动了一下,司机才说,高速上方向盘有点偏,需要重新做一下四轮定位。这活比较简单,看他们也着急,我就先给他们干了。

"干活的时候,我说他们不用在这儿等着,去食堂吃口饭,回来就修好了。还是没人应,又是那个副驾驶哼了一声,司机才说,车上有买好的茶蛋烤肠什么的。

"然后司机就上车了,他这个四肢啊感觉很僵硬,手脚很滑,像刚睡醒一样,爬了好几次都没踩上去,还是我在下面推了一把才上去。而且碰到他的时候啊,感觉他整个人都在发抖。然后两个人就在车上坐着,车门也不关,车里的阅读灯就那么亮起。简直是浪费电。

"我一边做四轮定位,一边观察两个人。越看越觉得不对劲,那个副驾驶的人往左稍微看一点,司机就从左手边拿起抹布擦擦车玻璃,副驾驶的人眼神往右瞥一下,司机就从右手边拿起水喝一口。结果，那司机喝水的时候呛了一口，好像不会咽唾沫，副驾驶的人喉结动了动，那司机才接着把水喝完。

"就是，咋跟你形容呢？就很奇怪，就像这两个人之间啊，有种，怎么说呢，有种很奇怪的……"

协调。他们两人之间有一种协调。

"我小时候在农村长大，以前听我们那边老太婆讲故事，说有对双胞胎，两个人有那种心灵感应，不管离多远都能感应到，互相晓得对方在做啥在想啥。

"我一直记得这个故事，今天一看，主副驾驶就挺像有心灵感应的。"

是协调。

"最后，我把东西修完，两个人就走了。"

"看到他们往哪儿开了吗？"我问。

"肯定是往西区开啊，只有那一条路。"

停车场、食堂、厕所、旅馆、超市和修车铺我都找过了一遍，几乎可以确定，PA002已经不在东区了，我一直在加油站，也没发现他们离开的痕迹。

我前往旅馆，准备给董姐打电话。离开的时候，身后的修车工又开始叮叮当当地工作了，他念叨着：

"这得干到什么时候啊，老子一个人干十个人的活……"

老洼服务区四面环山，除了从新洼服务区的加油站下来，没有第二条路可以供车出入。如果扔下车步行，要么需要极强的攀岩能力，能从涵洞下的漏水孔爬到高速路上，要么具有杰出的野外生存能力，能在超过二十斜度的大山间穿行，饱受荆棘和毒虫的困扰。

没必要，除非就像董姐说的，只有杀人了，杀人犯才会从这两条路铤而走险。

"姐，要不咱们报警得了，"借着旅馆的电话，我打给了董姐，吧台大姐已经彻底昏睡过去，"那俩人挺可疑，而且就这么凭空没了，说不定是遇上了什么事故。"

"可以啊，你想干什么都成，"这台电话有年头了，电流声很重，董姐的声音有一种机械的沙哑，听不出情绪，"但我一定要收到那辆PA002的钱，各地有各地的规矩，拿到钱，是我的最终目的，我只关心你收不收得到账。你要是收不到账，就用别的方式给我凑，否则就是能力不行，你也不用在这儿干了。"

挂了电话，我有点沮丧，拖着疲乏的身躯往皮卡上走，我能想到怎么藏两个人，但我想不到怎么藏一辆车。浑浑噩噩，我已经开车穿过涵洞，回到了西区，再往上，就是加油站。这么大点的地方，我已经走了一个来回，如果PA002真的在这里，我一定会发现的。

我拐上那条坑洼的道路，大灯灯柱随着车辆颠簸，在夜色里划出一个"Z"字形，忽然，我一脚刹车踩到了底，琢磨着我刚才究竟看到了什么。手心在出汗,方向盘变得滑腻腻的,我倒车,停下,灯柱终于稳定了。

上次经过这里的时候,甲壳虫的大灯正好照亮遗迹,看不出来那到底是建筑还是货厢。

而现在,皮卡的大灯照在相同的位置,那处遗迹却消失了。

之前看到的根本不是什么遗迹,就是那辆PA002。

捌

这证明了一件事:这辆新能源货车上的两个人没有弃车徒步,钻进大山,而是一直和货车在一起,货车对他们很重要。这样一来,他们只能从新洼服务区的出入口离开,沿着南隧方向上坡。如果要掉头到对面高速,最近的出口远在六十公里外。

新能源车扭矩恒定,但爬坡时会消耗更多电量,为了保证续航,新能源货车上坡时的速度往往比油车要慢一些。

如果在我进入东区后,他们马上离开,最多也就比我早走了二十分钟。按照目前的路况,车速最多维持在每小时六十公里。如果要在新能源货车掉头前追到它,我的时速起码得保持在每小时九十公里以上。

我拍了拍方向盘,检查油量后,一脚踩下油门。这辆后驱皮卡啸叫着弹射出去，卷起的碎石打在后斗上，我竟然感受到了一丝推背感。

路面并不湿滑，被隧道灯照得有些反光，即便在上坡，仪表盘也轻松越过了 100 这个数字。我把车窗摇出一个缝隙，风噪胎噪在隧道内回响，有些像跑车引擎发出的轰鸣声。就连隧道内久不运作的巨型排风扇，似乎也受到皮卡卷起气流的影响，微微转动起来。

随海拔上升，直上直下的隧道渐渐不再符合安全设计。钻出隧道后，前方是大概五六公里的"C"形爬坡弯道，角度不大，肉眼几乎难以分辨，只是潜意识会操纵双手轻打方向盘，避免车辆蹿出当前的车道。

刚驶出隧道，水汽就扑上玻璃，雨刷器只刮了一个来回，我就看见了朦胧的色彩，红蓝相间，不停闪烁，那是流动的警灯。它并不在挡风玻璃前，是身后的光线映到了玻璃上。

那是一辆高速交警巡逻用的 SUV。

"我"来这里上班后，从来没有开车驶离过服务区，所以也没有找过驾照。

除了驾照之外，还应该有车辆行驶证。我左看右看，挡风玻璃上根本没贴年检标志，我怀疑这辆车登记在册的状态早就是"报废"了。我打消了在车内翻找的念头，我怕最后翻出来的是一本比我年龄还大的行驶证。

我轻踩刹车,放慢了车速。身后的警车并没有变道超过我,反而也跟着减缓了速度,赘在我的车后面。我又打灯向右变道,把超车道让出来,示意警车可以通过。这次,他没有继续跟随,却在超过我之后同样变到了行车道上来,压在我正前方,我根本没法再次起速。

我隐约记得,隧道限速80公里,我刚才最多飙到了110公里。要是真被警车拦下来,少则浪费一二十分钟,多则直接被扣到高速巡逻大队去,我剩下的时间不多了。

但现在我就像一颗象棋,被警车别住了马腿,插翅难逃。我打开双闪,靠边把车停在应急车道上。那辆警用SUV果然减速,停在了我前方。主副驾驶各跳下来一个穿着警用雨披的男人,雨披外面套着反光马甲,在大灯的照射下看起来有些神圣。

我深吸了一口气,不知道怎么想的,居然双手握住了扔在副驾上的扳手。车窗上传来敲击声,我赶紧松开,扳手砸了一下排挡杆,掉进了副驾座位的缝隙里。我看着排挡杆,想着我可以什么都不管,驾车冲出去,我只要追上那辆车,离开这里就好,我可以不择手段。就在犹豫的同时,我还是摇下了车窗。

"你记得我是谁吗?"

我没想到会是这样的开场白,我抬头看向他,我当然记得他是谁,这张脸我今天已经见过很多次了。

"你是我们那的厨师?哦不是,你是那个修车师傅?"

他眼里的光黯淡了一下,头低了下去,"你不记得了,哦对,你本来就不记得，没关系，没关系，这很正常。"他顿了顿，又看着我说："但你不要再去追那辆车了。"

"什么？"

"不要再去追那辆车了，"他的眼里流露出不适宜的恳求，"不然你会真的忘了我，你会忘掉其他所有重要的东西。"

"好。我答应你。"我拒绝了他。

"好！"他眼里的光又闪烁了一下，"那我走了。"他挥手跟我告别。

"别去追那辆车了！"他和他的同事回到了车上，闪烁着的红蓝色又慢慢消失在雾气中。

我再次上路。我的确见过他，准确地说，是见过这张脸，但我又的确不认得他，或者说记得他，我也不知道他说的，忘掉其他所有重要的事指的是什么。因为我本来也不知道，我究竟遗忘了什么。

沿着"C"形弯跑了一会儿，我不得不来回在超车道和行车道之间徘徊，努力超过那些速度较慢的私家车。在这条高速路上，阻碍车流行驶的往往是小型私家车，它们的驾驶员很少来到这里，而货车驾驶员都非常熟悉路况。另一方面，满载货车重量较大，轮胎轧过水汽，和地面接触得更为紧密；而私家车重量小，轮胎轧不过水汽，就会像船一样"漂"在路面上，不管加速还是减速，反应都非常迟钝。

可每次变道，车轮都会轧过中心白线，白线的涂料和柏油路材质不同，摩擦系数也不相同，这就会导致四条轮胎并不在同一摩擦系数下，这对于后驱车来说是很致命的，极易打滑。

超了几次车，车尾侧滑了好多次，我感觉自己的胃和肝脏都被甩得互换了位置。我手握排挡杆，想着刚才的犹豫，索性直接开到了应急车道，我顾不上那么多了。

"C"形弯快到了末尾，驶上应急车道后，我的视线变好了不少，一眼就在红色尾灯闪烁的车流中锁定了一块绿色新能源车牌，它大概在二百米开外的超车道上。我感到一丝兴奋。之前我对于追击的估计过于悲观了，新能源货车根本无法维持60公里的平均时速。

我刚想从应急车道开启追击之旅，眼前突然出现一块路标，像一个右腿内八字的人，那意味着前方右侧车道变窄，应急车道汇入主路，要进隧道了。

没办法，我只能回到行车道上，却发现自己无意间钻入了一排大型货车车阵之中。它们基本都是跨省运送快递的长厢货车，背后的货厢原本是花花绿绿的，现在都变得灰沉沉的，已分辨不出原本的颜色。我被困在这群庞然大物之中，听着它们的悲鸣，跟着它们迁徙。短暂地，我产生了一种错觉，如果一直这样走下去，我就会成为它们的一员。

终于离开隧道，我把车头拉回应急车道，眼看那个绿色牌照越来越近，应急车道上却突然停了不少打着双闪的车辆，我又钻回行车道，前方行车道的货车还在纷纷往应急车道靠。

我心中一喜，以为是这些司机发现了我的焦急，开始给我让地方了。引擎转速越来越高，时速指针逼向120，我想挂上最高挡，车底却传来齿轮生涩的磨合声。

挂错挡位了？我朝右下方偏头，确认了最高挡的位置，再抬头的时候脸被照得煞白。

二百米外，一对瞪得溜圆的大灯就在我正在行驶的车道上，迎面向我飞驰而来。

高速公路上的同一车道上怎么会有对向来车？

时间好像慢了下来，我强迫自己的眼睛不受光线影响，努力瞪圆，眉毛纠结在一起，估计眼仁都被强光映成了琥珀色。我才看清了前面的情况。

一辆半挂货车因为操作失误，在超车道上发生了打滑。它的车头漂移到行车道上后，调转了一百八十度，而后面的挂车还留在超车道上，它就像一个"V"字形的回旋镖，依然在向前蹿动，随时都有翻车的危险。行车道上的车辆纷纷避让，只有我像是第一次上路的新手，闷头向前，自己的故事即将变成一场事故。

我狠狠踩下刹车，这辆旧皮卡没有ABS功能，四条轮胎一下全都抱死。我只能将挡位挂在一挡，试图用发动机制动降低车速。

不论我感觉时间变得多慢，我的皮卡还是头也不回地冲向半挂货车的车头。我猛地向右打了方向盘,又拉起了手刹,车身斜着钻向行车道和应急车道之间,那里龟速行驶着一辆微型面包车,仅仅给我留出了半车宽的生命通道。

太近了。我甚至能看清半挂货车车头大灯内的钨丝,和微型面包车后视镜反射出对方驾驶员的惊恐表情。

时间流逝恢复正常,刹车声和碰撞声就在我耳边响起,这辆老旧的皮卡以难以置信的角度钻过了那个空隙,不过,左后视镜剐蹭到了货车的头灯,右后视镜撞上了微型面包车的车门。

好了,我两个后视镜都撞没了,这下彻底没有后顾之忧了。我丝毫没感到后怕,放下手刹,重新挂起正确的挡位,继续追逐那辆新能源货车。我甚至从我的淡定中感受到了一种刺激,我不知道这是因为对追车的执念,还是肾上腺素的作用。

但等我终于行驶到那辆绿牌货车后面,我发现,车牌对不上,这根本不是我要找的那辆车。

我一下泄了气,不知道是该瞻前还是顾后。

那辆新能源货车还在前面吗?如果是,它怎么开得这么快?我和警车交涉,又紧急避险停了一下,接下来的路程,还够我追上它吗?如果不是,那么就是在刚才手忙脚乱极限救车的过程中,我已经超过了它,它就等在应急车道上,只是我注意力太过集中,根本没看到。我应该倒车回去,还是靠边等?

脑子不清晰,脚下也没了力度,松了油门,皮卡让出超车道，在行车道上缓缓前行。就在这时，一辆车"簌"的一声从超车道上掠过，仅仅一眼，我就知道这才是我要找的那辆车。副驾驶上的人，和那个修车师傅形容的一模一样，身上好像没骨头，软塌塌地挂在硬撅撅的安全带上，就像被钉在十字架上的耶稣。

"交钱！"我摇下车窗，声音却消弭在水汽中。

油门踩到了底，那辆货车似乎也预感到了什么，不在乎省电不省电了，维持最大扭矩，很快又把我拉开几个车身。好在长时间的上坡即将结束，前方平行行驶，我逐渐追了上去，正在考虑怎么把它逼停，它居然慢了下来，我一阵窃喜，结果自己也被迫踩下刹车。

前方路中间突然出现了几根遗迹一般的柱子，类似村路两头的限宽墩，将本就不宽阔的行车道变得更加狭窄。

一般，各省高速公路分属不同单位管辖，在全国统一高速卡之前，驾驶员往往需要在省界高速收费站换卡甚至上缴部分费用，才能通行，车辆往往要在省界停滞很长时间。后来，高速实行一卡制和ETC制，省界收费站也仅剩下承载历史的作用，大部分都被拆除，只留下了这些遗迹，见证着我国公路的发展史。

通过柱子时，我的皮卡几乎已经和那辆货车并排了，起码有三分之一的车身重叠在一起。它走行车道，我走超车道，想象中，我应该一个加速就可以拦在它的身前，可现实情况是，柱子的间距远比我想象中窄得多，通过柱子时，我判断了一下，那是伸手就能摸到柱体的距离。

因此，我必须把速度降到最低，而那辆货车竟然不降速蹿了过去，视柱子如无物。看来他们对路况十分熟悉，起码比我熟悉多了。

视线中，PA002的车牌越来越小，我心急如焚，但车辆通过柱子需要时间。终于，后视镜中，皮卡的后斗已经完全离开了两柱之间的道路。我降挡补油，转速拉高，车辆重心后置，皮卡变成了一头摩擦着蹄子，蓄势待发的愤怒公牛。

突然，车辆前方出现了一个人影，他直直伫立，双手向两侧平举，整个人呈大字形。灯光拉扯着他的影子不断伸长，直到和两侧的大山融为一体。

刹车踩到底，挂上空挡，发动机转速刚刚拉高就被迫降低，发出了某种悲鸣。愤怒的公牛还没跑出去一米，眼前却再也找不到代表目标的红色。

皮卡停在人影面前，他走到驾驶位旁边，我摇下车窗，发现这又是一张熟悉的面孔——不久之前，我刚刚给他加过95号汽油。

"怎么了？"眼见着那辆货车消失在夜色中，我没好气地说道，"我油加得缺斤少两了？你要来讨个说法？"

他凑过来，发现车里坐着的是我，双眼顿时亮了起来："哎呀大哥，这不巧了吗！我左前轮爆胎了，自己弄了半天，别说换备胎了，连千斤顶都没架起来，你看看能不能帮帮我……"

顺着他手指的方向看过去，我看见了他的座驾，像断了一条腿的椅子一样歪在路边，又滑稽又可怜。

"没事，换胎不难，你自己慢慢搞，很快就好，我现在有急事，赶紧让开！"

"大哥，帮帮忙吧，我在外面开了一天车了，浑身一点劲都没有，再换个胎，我都24小时没睡觉了……"

"那跟我有什么关系？"

"好心人，你也不差这十几分钟……"

"滚！蛋！"

对方直接愣在原地，完全没想到我会突然变得这么粗暴。他不再说话，而是朝旁边让了让，安静地给我留出一条路。

我一轰油门冲了过去，在准备摇上车窗的时候，我犹豫了，透过后视镜我看向他，他呆呆地站在原地，神情好像有些恍惚。不知缘由地，有一种更大的失落感涌现在我喉咙口，我不太懂，也没来得及细品。再看眼前时，一辆没开车灯的甲壳虫突然从水灵灵的雾气中浮出来，我来不及做出反应，追尾之后才踩下刹车。

我的胸口重重撞在了方向盘上，痛感让我无法呼吸，持续了十几秒钟才稍有缓和。我狼狈地走下车，甲壳虫的后面已经蒸腾起灰黑色的烟雾，那是危险的信号。我绕到前面看了看，那个在服务区搞事的女孩，我的"债主"，此刻就仰躺在驾驶座上，双目紧闭，已经昏迷了。

我的脑袋嗡了一声,像从一个世界瞬间抽离,悬置在半空中。我尝试拉了拉主驾驶和副驾驶的门,已经完全卡死了。甲壳虫这种徒有其表的垃圾车,安全系数太低。我的皮卡只是碎了前保险杠,而甲壳虫的尾部已经完全溃缩了,侵占了车内乘员的空间。两个B柱都产生了形变,像揉纸团一样卡住了两扇门,根本拉不开。

我立刻回到车里拿出灭火器,将所有干粉都倾泻到甲壳虫油箱的位置。烟雾少了一些,但治标不治本,如果不能及时把女孩救出来,她随时都有烈火焚身的危险。我大声喊着,用力摇动车身,想唤醒女孩,让她尝试一下从里面能不能把车门打开,可她还是毫无动静。

我必须向其他人求助。漆黑的大山之巅,我站在水雾婆娑的高速行车道上。过往的车辆摆脱了柱子的束缚后,铆足了劲往外开,没有一辆车愿意停下,哪怕只是摇下车窗看看。每一辆车呼啸而过的嘶吼,都将我紧绷的神经撕开了一点。

终于,一辆黑色轿车停了下来。

我冲到驾驶室旁边,车窗降下,我赫然发现,司机正是那个付了我430元加95号汽油的人,正是车胎爆了之后向我求助的人。

我低头看了看,果然,车辆左前已经换成了备胎,尺寸明显比其他三个轮胎小了一圈。

"怎么了?"司机没好气地说道,"我油钱给得少了?你要来讨个说法？"

看他还有心思开玩笑，我的双眼顿时亮了起来："大哥，我刚才追尾了，对方司机卡在驾驶室里了，出不来，已经昏迷了。你能不能帮帮我，你帮帮我！"

不知道是不是我的错觉，我看着他的眼睛，他的眼神里有一丝转瞬即逝的惊喜，他看向我身后，说："我帮不了你。"

"大哥，刚才是我不对，你帮帮我，人命关天……"

"我帮不了你！你怎么就不明白，我根本帮不了你！"他突然变得歇斯底里，对着我怒吼。

我愣在原地。他开始自言自语地说着"我帮不了你"，缓缓关上的车窗切断了他最后的声音。

我回到甲壳虫旁边，烟雾再次升起，比刚才还要来势汹汹。我低头看着自己的手，接着脱下外套，缠在右手上，接着举起空空如也的灭火器，砸向了甲壳虫驾驶座一侧的门玻璃……

现在，女孩半躺在我怀里。我吮吸了一下右手背上被划出的伤口，发现它不流血了。接着，我使劲抖了抖外套，确认上面没有玻璃碎屑后，盖到了女孩身上。

她的头发一坨坨黏在一起，有一缕垂下来，盖在紧蹙的眉头上。

"你怎么样？"我问。

"疼……"她指了指自己的右侧肋骨。

我上下观察了一番，她身上没有血迹，只是衣服蹭脏了好多处。很可能是肋骨断了，我不敢轻易移动她，右侧的肋骨断了，稍不注意造成二次伤害，肋骨可能会插进肺里。

她示意我把她的上半身支起来，我只好将她的头靠在皮卡车轮上，似乎这样能让她的呼吸更顺畅一些。

"我不欠你的了。"

我在心里默默对那个女孩说。下一刻我开始感到疑惑，为什么这句话会一直让我如此耿耿于怀。

我得想办法求救，路过的车辆突然变得很少，我没有电话，就这么耗下去的话，她必死无疑，我回到车上，按了半天那个红色的故障警示灯，车辆的双闪却没有停下。我凑到中控台前看了看，才发现自己按错了，警示灯上面有一个印着 SOS 的红色钮，我按的就是它。之前，我从来没有注意过这里，仔细观察，发现它属于这台车辆的电台。

电台由一副车载台和一部手台组成，车载台上按钮繁多，而手台就像我们传统意义上的对讲机。两者的关系类似老式宾馆中常备的子母机，车载台是本体，用车辆电瓶供电，通讯距离最多能达到五十公里，而手台是配套设施，充一次电能用几小时，通讯范围在五公里之内，是便携式装备。

我关闭双闪，死命按着那个 SOS 按钮，无人应答。我不知道求救信号会被传送到哪里，还是说其实根本就没有产生求救信号，手台里发出持续的嘈杂，无论我做什么都无法让它产生一丝波动。

我下了车，走到女孩边上，也靠着皮卡坐了下来。她已经没有力气转过头看我，用很轻的声音说："你不能走。"

"我肯定不走，不然那不是肇事逃逸了吗。我会送你去医院，你肯定没事的，别乱想。"

"不是，你不懂。"听完我的话，女孩好像用尽全身力气摇了摇头，"你不要走。你答应我。"

我没有回答，扭头看向了车道，还是没有车来。我等待了很久，也可能压根没过多久，迎面驶来一辆面包车停在了我面前，有一个人从车上开门下来。

是董姐。

五分钟后。

在超车道上运转伤员很危险。不过，现在路上除了我们之外，没有其他车辆经过。值得庆幸的是，这条高速对向车道之间不是镂空的，而是踏实的绿化带。

那个女孩就这么运送到了董姐的车上。

董姐说她收到了我发来的求救信息，立刻就带人开车来帮忙了。

董姐拍了拍手，大大咧咧地对我说："这边你不用管了，姑娘肯定帮你安顿好，你唯一要做的一件事就是——追上车，收账。"

我知道。这是我来这里的目的。这是我必须要完成的事。

董姐刚要转身离开，我拉住了她。

"干什么？"我听不出她声音里的情绪。

"我和你一起去，"我说，"我要陪她去医院。"

董姐转过头看着我，一言不发，她的眼里闪过了嘲弄的神情，转而又回归冷漠。我好像收到了不容置喙的命令，松开了手。

"去吧。"董姐摆了摆手，甚至不屑于做出任何解释。我看着那辆车驶离，逐渐变成一个小黑点，最终消失不见。我知道有一部分东西也被带走了。我知道自己再也不会见到她。

"这是你欠我的。"我听到她说。

玖

我开车上路，随时注意着路过的标识牌。这些标识牌会列出距离最近四个出口的距离。而刚才路过的几个标识牌，除了最近的出口旁边的公里数越来越少之外，剩下的三个出口都被打了一个大大的红叉，就像古代死刑犯名单上的朱批。

到下坡路段，我带着刹车，车速越来越慢，一股强烈的冲动让我想要立刻掉头。我寻找着最近的那个高速出口，却发现前面反"C"形弯处，一辆车正失控撞向护栏。我缓缓开过去，正是那辆新能源货车。

我迅速打了双闪，靠边停下，远远地观察着那边的状况。按照下山的坡度和车辆的动势,在这儿出的事儿就不可能是小事,撞破护栏后,车大概率会一头栽下山崖。然而,这辆货车就横亘在路肩上,前后重力达成了一种微妙的平衡,恰好卡在了万劫不复的边缘,就好像漆黑的水雾中有什么巨兽,刚要把它整个吞入,突然胃口不好,停止了咀嚼。

我拿着手电筒和扳手,缓缓靠近,先观察了车损情况,大灯,前保险杠和前梁都有不同程度的凹陷,左前轮歪在一边,就像个崴了脚的运动员,这应该是前轴断了,想走肯定是不可能了。不过,这种程度的撞击,就算没有安全气囊,车上人应该也不会有生命危险。

我靠近车头,风从被车辆撞断的栏杆袭来,吹得我全身一阵发凉。和我预料的一样,那人依然软塌塌地挂在安全带上,他的身上没有明显外伤,观察车辆内饰,甚至连小的磕碰都没有出现。此刻,他的胸前正对着方向盘,但在我的记忆里,他应该坐在副驾驶上。

少了一个人。原来的驾驶员不见了。

身后突然传来哐啷一声巨响,我跑过去看了看,是货厢,没有锁严实,被风吹开了,里面似乎放了什么吸光的材料,手电筒照进去也是一片黑暗,看起来是空的。

在货厢外站了一会儿,我莫名想到了自己那辆皮卡车的后斗,接着,一个古怪的念头和冷汗一起冒了出来。

我拉开货车的后座门,一脚蹬了上去,后座下的空隙内果然有一床被褥。

鞋底传来的触感证明，那铺盖里面卷着的绝非只有被褥。

我定了定神，仔细看着那床被褥，被褥有些年头了，上面绣着的交颈鸳鸯磨掉了大半身子，像两颗刚被砍下的鸡头，边角的红花也褪色成了黄花。风越来越大，我忍不住哆嗦了一下。

我正犹豫着是否要探下身去探寻，车头位置突然传来杂沓的脚步声。

我跳下车，来者正好走到我身边。他的头发油腻到成条成缕，一看就是几天没洗了，脑形像块板砖，身着连体的工服，膝盖、胳膊肘处都是油渍和摩擦的痕迹，那是常年钻到车下和引擎盖内检查车辆状况的证据。

通过他的装束，结合之前修车工的话，他应该就是这辆货车的另一位司机。

我看向那床被褥。现在多了一个人。

他盯着我手里的扳手，问："你是干啥的？"语气很冲。

"嗯？"

"我问你是干啥的！"他上来就要动手，把我拽离车子。

我不是没听清他的话。刚才看见他的脸，我脑中有个疑惑一闪而过，总觉得哪里不对，可这念头马上被他的动作打断了。

"路过的。"我指了指旁边停着的皮卡，赶紧解释，"看你们出事了，问问需不需要帮助。"

他看了看我的车，拽住我衣服的手渐渐松开："你是那加油站的？这车我见过。"

我急切地想知道被褥的真相,也顾不得循序渐进了:"你后座下面,那被褥里卷东西了吧。"

"啊,腊肉和腊肠,自己家熏的。"他站在车下,用力捶了捶被褥,一股油香便飘了出来,"卷上点,怕潮。"

"嗨,看这样,我还以为里面卷了个什么人呢。"我盯着他。

"你这是说什么笑话。"他跳上车,愣冲冲就要把被褥抽出来,"来,打开给你看看,你看看里面有人没。"

我赶紧摆手说不用了,和他拉扯一会儿,我又回到正题,问道:"什么情况啊,在这儿撞了。"

"疲劳驾驶。"他打了个大哈欠。

我说:"我记着加油的时候是你在开……"

他把话头抢了过去:"他手比我熟,大车下坡难开,说好了上坡我来,下坡他开,睡了大半天,谁合计他刚换过去开了没半个小时就又睡着了,你说这扯不扯,早知道我自己一直开了。"

风把水汽都吹散了,给我们留下了通透的交流空间。我和他之间,没有任何阻挡。

我问:"怎么不给董姐钱呢……你。"

他比我还疑惑,我们就洼服务区的规则事宜沟通了一会儿,他一问三不知。我才知道,他们就是到董姐那儿充个电,累得不行,看到下面有灯火,就顺着路开下去了。

"开下去了,也不住?"

"能省点是一点，跑车的，睡车里也挺舒服。"他又打了个大哈欠，"停车费五十？这么贵？"

我点点头："都这样，在这个地界，董姐说啥是啥。"

"这不是车匪路霸么，早知道谁在那儿停车。"他露出了巴结的神情，"那什么，大兄弟，要不就算了，你说你没追到。你看我们这情况，车都撞了，体谅体谅我们。"

我说："我说了不算……那你们现在怎么办啊？"

"刚才我不就往下走想找个救援吗？这高速拖车太贵了，能找辆有牵引钩的车给我们拖到出口最好了。"他探头看了看我的皮卡，"哎，可惜，你这车不行，拽不动我们。"

我说："这样吧，我那车上有个电台，可以联系洼服务区的人，找他们来给你拖下去。收点费就收点费，肯定比停车费多，但也比拖车费少。"

"那就麻烦你了。"他感激地笑笑，踏上前座鼓捣起什么。

我往皮卡那边走，下坡路很滑，我脚底都磨出声了。我走到车边，默默回头看向他，他还在前座，弯下腰不知道在做什么。

高速路是单行道，不可能倒车。如果要拦车救援，应该在出事地点的上坡拦，不管在哪种逻辑下，都不可能走到下坡位置，再去救上坡位置的车祸。

而第一次见到这个人时，他是从货车车头方向走上来的。

他在撒谎。

风停了，水雾又聚在了一起。

我走到货车旁边，有点惋惜地摇摇头："暂时联系不上，可能过一会儿就好了，这东西不太稳定。"

他没说话，从车里递了根烟给我，我摆手拒绝了。

我用余光瞥向驾驶座，确认了一下，司机虽然软塌塌的，但生命体征还比较良好，还真跟这个副驾驶说的一样，就跟睡着了似的，我都能隐隐听见他的呼噜声。

我问："我看你这车后面是空的啊，怎么刹不住呢？"

"空的？"副驾驶的眼睛一下瞪起来，绕到后面看了看，"哦哦，对，我忘了，我们货在北隧那头就送完了，空跑回来的。"

这车不是空的，至少在出车祸的时候，这车绝不是空的。货丢了。而且他不想让我知道货丢了。

他很平常地说出了"北隧"这个地名，证明他对这条线路很熟悉，他不是第一次进入西区和东区，不可能不知道新洼旧洼服务区的规矩。

不知道是因为水汽还是风，我背后微微发凉，他表现出来的直爽和老实都是演给我看的，刚才说的话不知道有哪句是真的。甚至这些谎言是提前排练好的，我是唯一的听众。

他在掩饰什么？原本的货是什么？被褥里是什么？沉睡的主驾驶是什么？

他跳下车，我们面对面站着。他说："你把手电筒关了吧，晃得我眼睛难受。"

我没有照做，而是将电筒朝上，两个人的脸都各有一半藏在黑暗里。

他说："兄弟，要不你再去看看？总在这儿待着也不是那么回事，一是怕耽误你的行程，二是咱这么干杵着，不得冻出个好歹来。"

他想把我支到皮卡那头去。

我问："要不你联系联系给你们派货的公司？看看有没有就近的货车？"

"没信号。"他掏出手机扬了扬，连屏幕都没按开，又揣回兜里，"你的手机呢？也没信号吧。"

我的手机在我家里。我的家不在这里。

我也不做掩饰了，连掏手机的动作都没做，说："确实没信号。"

我接着说："兄弟，你常年跑货的，要不你去我皮卡上看看，那个车载电台全是按钮，可能是我没调明白。"

他装作没听见，转身朝车后面走了："你说撞成这样了，车还有没有开走的可能性呢？"

我假模假式地绕到货车左前轮，也就是驾驶室下方："主要看看你前面这大轴断没断，要是大轴没断，就还能开。"

接着，我拉开驾驶室门，他听到声音，马上跑了过来。这时，我已经轻轻把司机往右侧推了推，开始掰方向盘了："要是方向盘动起来能打轮，我觉得就没什么问题。"

他看我似乎真的在检查车辆，稍稍放松了警惕。趁他不注意，我马上把身子探到司机那头，按动了驾驶座的安全带，没了安全带的束缚，司机马上歪在我身上。

我学着他的口音，大声喊道："唉呀妈呀！这咋回事啊！"

"这这这这这是干啥！"不知道他是问司机发生了什么情况，还是问我干了些什么。他要往上蹿，我臀部一沉，抱着司机，杜绝了他上车的可能。

"兄弟，我看你这朋友不是睡着了，是得什么急病了吧！"我一边掐着司机的人中，一边装腔作势地喊，"我赶紧给他扶好躺下，你去看看我车上电台好了没，正好我车后座上还放着个医药箱，你找找去！"

这回我真没骗他。后座真有个医药箱，不过，里面只有几瓶藿香正气水，连块绷带都没有。

车下的人还是没动。

"不是，大哥你啥意思啊？你俩是不是有仇啊？"我戏瘾来了，"是不是非要等他死了你就开心了嗷？"

被我这么一激，车下的人实在没办法了，只能一步三回头地朝我的皮卡走去，估计他很快就会找个借口回来。因此，我必须马上撬开司机的嘴，问问到底发生了什么。

副驾驶的身影消失在夜色中，我刚把目光收回来，就感觉手背一痒，低头一看，司机伸出右手食指，颤抖着在我手上划着什么，似乎在写字。

我把所有注意力都放在手背上，司机的手既无力又用尽了力气，我甚至感觉我的手背在发烫。他的指甲划过我手背的肌肤，就像蚊子叮一般轻微，但我知道他在试图狠狠咬上一口。

司机的手很干净，很顺滑，他一定不是常年跑车的人，他的手上没有摩擦方向盘留下的茧。

另外，虽然我经常在电视上看到用手在身上写字的桥段，但真的发生时，我完全分辨不出来他写的是什么。而且，他写得太慢，副驾驶随时都有可能回来。

"别写了！"我抓着他的手，把耳朵靠在他嘴边，"他还没回来，想说什么你直接说！"

耳边传来嘶嘶的气声。

"死？"他微微点了点头。"你快死了？"

他用力晃了晃身躯，对自己的濒死表示出了极大的赞同。

"我带你走，我会救你。你现在感觉怎么样？能动吗？"

他突然没反应了，我还以为他彻底晕过去了，结果下一秒，车外的黑暗中就传来副驾驶的声音。

"兄弟。"他说。

我抖了一下，立刻看向司机，只是手伸向副驾驶："医药箱呢？"

他答非所问："他怎么样了？"

"不好，都出虚汗了。"我在司机脸上抹了一把，甩到驾驶室外,"我医药箱呢?"

"哦,兄弟,你没给我车钥匙。"

我的皮卡四门大开,根本没锁。

我把车钥匙递给他,也不管他什么反应,继续展开对司机的"抢救",又是打脑门,又是捋手指,又是按胸口。直到司机发出声音,我可以确认,副驾驶又一次离开了。

我把脸凑过去:"什么?"

还是梦呓般的蚊鸣。我屏息听了,可他喉咙底部发出的每一个音节,每一个字符,都粘连在一起,像一摊淤泥一样糊在我的耳膜上,像他的过去一样模糊不清。

"这样吧,你啥也别说了,坐直了,我问你,你点头或者摇头就行。"

我跨过中控台,坐在副驾上,把他摆直了,开始问。

"你变成现在这样,是他弄的对吧。"

谢天谢地,他点头了。

"你刚才说'死',是指自己处在危险之中?危险是来源于他吗?"

他摇了摇头,又点了点头。我以为那是他下意识的动作,又问了一遍,还是摇头加点头。

我想了一会儿,问:"就是说,外部还会有危险?"

他用力点了点头。

我又问:"他把你搞成这样,跟你们运送的货物有关系吧?"

点头。

我一字一顿地问:"那货是不是在你身上?"

他突然浑身僵直,朝着对向车道指了指,接着就痉挛起来,直直摔下车。

我赶紧下车查看情况,他蜷缩在轮胎旁边,像入锅的虾一样抽搐。

起初,我以为他那一指,是提示我副驾驶回来了。可闹出这么大动静,四周还是静悄悄的,副驾驶应该正在摆弄皮卡的车载电台。我又以为,司机是想说危险来自对向车道,可我观察了一会儿,那边一辆路过的车都没有,黑黢黢的。最后,我模糊间灵光一闪想到,他应该表示,要我把他拽到对面车道后的大山里藏起来。我们两个现在藏身的位置太明显了,很容易就被副驾驶找到。

此地不宜久留。说干就干,我刚拖住司机,还没走到应急车道,手中突然一阵怪力,回头一看,司机自己用劲,又靠在了轮胎上。

这是已经糊涂了?

我又拽起他,他赫然双眼微睁,清晰地说了唯一一句话:"你必须把货车销毁我们才能走。"

"你好了?"这句话刚出口,他双眼一闭,又回到了涣散的状态。

必须把货车销毁？所以当时是他趁着副驾驶不在，想要将货车开下悬崖，但是失败了？当时他稳稳地坐在驾驶座上，安全带都没卸，车上有什么是他宁愿赴死也要毁掉的？

我想了想，附在司机耳边说："我完全明白了你的意思，现在我要先把你转移走，再去处理货车。你不要折腾，听我指挥。"

双向车道都没有车，地面湿滑，我轻松地拖着司机来到对面。抬头一看，山上尽是被本地人称为"赤箭"的植被，我自己都上不去，更别说带个人了。好在，我从旁边找到了一个半人宽的台阶甬道，混凝土浇筑的，实际上，那是一条泄水渠。

我把司机挪到我的背上。他腿用不上力，但双手还能勾住我的脖子。就这样，我在半窒息的状态下开始攀登。水渠内沿遍布青苔，滑腻异常，我只得"骑"在水渠上，双腿跨过水渠，依靠山体泥土和植被的摩擦力艰难向上，只爬了一小会儿，就已力竭。

值得庆幸的是，大山和水汽是天然的遮蔽物。到了这个位置，回头已经看不见货车，更别说我的皮卡了。我放下司机，给他摆了个舒服的姿势躺在"台阶"上，又拽了几丛赤箭盖在他身上，随即便下了山，直奔货车而去。

另一种更合理的解释是，副驾驶伪造了货车的车祸现场。他让原本坐在副驾驶的人坐在驾驶位上，发动货车后，货车坠下悬崖，车毁人亡，司机代替自己死去，自己逃出生天。但结果货车没有按自己预想的坠落深渊，在远处观察的他不得不回到现场善后，在这个时候碰到了闯入这个局的我。

这正好免去了我思考的负担，在这场罗生门里，司机一方，副驾驶一方，他们要毁掉货车，我只要完成这件事就行了。我会把这辆货车没走完的路走完。甚至有可能都不需要我动手，副驾驶一直想将我支开，想要完成尚未完成的任务，也许我现在回去就会发现，副驾驶和货车都已经不见了。我唯一放不下的事是，车里到底有什么？

货车还在，它一动不动待在原地，像是在等待我一般。一股莫名的力量牵引着我，去揭开它腹中的秘密。我的皮肤感受到了空气中阴冷的水汽，它们来自这头渐渐熄火的困兽最后的残喘。

我登上驾驶座，扶手箱里除了一些无关紧要的文件之外，没有值得留意的东西，没有绳子。不知道后座上是否还有我没留意到的东西。这车的确已经走不了了，最好的办法就是开我的皮卡把这辆车撞下去。想到司机就在皮卡上，我的第一反应是，省事，说不定都不用我亲自动手。

接着是第二反应，我的后背肌肉突然收紧，心底涌起了一股原始的、遥远的求生本能，我的耳边传来皮卡发动机的剧烈咳嗽。连头都来不及回，我撞开车门跳下了货车。

一声巨响，我应声落地，回头看见货车已经被皮卡撞了下去。在惯性的作用下，皮卡也没有很顺利地制动，它的前轮已经悬空，正在向悬崖下倾斜。我看见驾驶座车门在剧烈的震动，接着，副驾驶在里面丧心病狂地捶打车窗。

我没有机会看到副驾驶接下来的举动。我只听到了两声来自悬崖底部的巨响，一声属于货车，一声属于我的皮卡。

我左手有一点擦伤，右脚的鞋子掉了。如果我还在车上，掉的就不止是鞋子了。所有的后怕都在一瞬间聚集到我的脑海里，我躺在地上，大口喘气。

缓过神后，我沿着之前走过的路，回到泄水渠，那里只剩下一大片打乱的赤箭，司机早已无影无踪。

散落赤箭的形状，是从内部撑开的。那个司机自己拨开了身上的赤箭堆，离开了此处。我立刻反应过来我上当受骗了——他的昏迷，他的无力，他的涣散，全都是装的？

挺好，吃亏总会让人后悔和冷静。我蹲坐在泄水渠边，捡起一根赤箭。

他们两人一起运送这批货物，经过了洼服务区……那副驾究竟对司机做了什么，让他暂时失去了行动能力，然后他们在服务区碰到了修车匠，又在高速公路上碰到了我，随之交换了位置，发生了车祸。副驾制造了这起车祸，并让司机背锅。但我还是想不明白他的目的是什么，还是不知道司机为什么也迫切地想要毁掉货车。故事就这么结束了吗？我把手里的赤箭扔到一边，开始翻找散落的赤箭堆。没有线索，没有绳子，只有一张崭新的五十元钞票。

故事就这么结束了。我怀揣着五十元钞票，原路返回到车祸现场。公路上仍然没有一辆车经过。东边的天空已经微微泛白，夜晚的时候,你会忽视天与地的界限。而现在,远山的轮廓显得格外清晰。

是我的错觉吗?这里山上的树林好像比印象中要更加茂盛。我坐在地上,一阵疲惫感迅速席卷全身。这一夜原来这么漫长。

不知道司机怎么样了。这里前不着村后不着店,徒步走不了多远,说不定等我回到服务区,我还能碰到他。

不知道她怎么样了。不知道董姐是不是已经送她去医院了。不知道我欠她的还有没有机会还。不知道她的视频最后是伪纪录片还是恶搞风格,我应该没有机会看到了。

不知道她的视频里会不会拍到那几个长得一模一样的师傅,不知道观众看到会是什么反应。他们明显不是一个人,不是亲戚,但都有同一张脸。

他们都给了很关键的线索。修车师傅说,有个人软塌塌地坐在副驾,主驾驶座的人动作僵硬,两个人长得很像。这话由一个和别人共用一张脸的人说出来,有点别扭,但这两人的确有些像,脸型都是方脸。

超市收银是个年轻人,没有跟师傅们共用一张脸。他见过这两人其中一个,一个方脸男人,三四十岁左右,匆匆来匆匆去,买了茶蛋、烤肠和一大桶水。

然后是食堂师傅,他也见到有一个独自吃饭的人,应该就是货车司机组合的一员。

但他见到的那个人是圆脸。

多了一个人。

我噌的一下站起来，看向车祸现场。现在那里只剩下一些车辆的碎片残骸，断掉的护栏，和漆黑的轮胎印。

那个圆脸八成就裹在被褥里，现在躺在悬崖底部。他是副驾最初的搭档。那一顿饭就是他最后一顿饭。在圆脸死后，副驾需要另一个人成为自己的搭档，为了掩人耳目，为了代替自己去死，这个人就是后来的司机。

远远地，公路上终于开来了一辆车。是董姐。

"她怎么样了？"

"没事儿，不严重，住几天院就行了，我朋友在医院看着。怎么？"

"没事儿。她有跟你说什么吗？"

"没有。"董姐这时才瞥了我一眼，"这么关心，你跟她很熟吗？"

"我撞的她啊。董姐你带我去趟医院吧，我想去看看她。医药费多少？我转给你。"说完我才反应过来，我哪来的钱。

"你甭管这些，算我的，你回去该干吗干吗去。"

"这是我的事儿啊董姐……"

"怪我，"董姐转过头来看着我，"你小子命大，就只是些皮肉伤。早知道货车是这个来路，不该让你去的。"

"谁？"

"我有个弟弟，在这边做运输生意。骡子你懂吧？他们运的都是些见不得光的东西，水货啊，毒品啊，这些才会用到骡子。我弟弟那边的骡子过来我是不收费的。一个是他的面子，一个是我也不想跟这些人扯上关系。多一事不如少一事。"

"PA002 是他们的骡子？"

"是骡子，但不是他们的，所以我不知道这件事。"董姐皱了皱眉，"但他们干这行的，多少也有点联系。这次在服务区，002 的司机跟我弟弟借了个人，我后来才知道，他没跟我说。我要是知道，就不会让你去收他们的钱了。"

对上了，借的这个人就是那个被下药的司机。可见世事无常，我没准真能在服务区碰到他。

"送这些东西，越少人知道越好，上下游都有眼线，真他妈想钱想疯了，这也敢借人。骡子一般不会换人，换人准没好事。"

可能是因为原来的搭档已经死了，不得不换。

"所以我才说你命大。那辆破皮卡没了就没了，人没事就好。"

我把我的经历和推测跟董姐一五一十说了一遍。她对于事实以外的推断部分兴趣寥寥，只是不断重复"人没事就好"，并表示回去一定要把她弟臭骂一顿。

回到加油站，天快亮了。下了车，看着朝阳发了会呆，我才想起来，把兜里的五十块拿给了董姐。

董姐收过钱，"去给车加个油，然后下班吧，你今天的工作完成了。"

完成了吗？我感觉自己的身体很单薄，像是只剩下了一具躯壳，但是这躯壳本身仍然沉重。这一天极其漫长，但我从头到尾没见过一根绳子。

我走过去，扯出油枪，插进加油口。

一个没见过的男人走过来跟董姐打了个招呼。董姐叫了我一声，说这是他弟，让我叫他赵哥。我说赵哥好，然后等着董姐臭骂他。

赵哥从头到尾没还嘴，等董姐骂完，赵哥才说："姐，你说得是，你先消消气，不该挣的钱的确不该挣，不过这次还好，我的人压根就没跟着去。哦，应该说是去了约好的地方，结果压根没见着人，我的人就回来了。回来我也觉着怪呢，又是缺人要借人的，又是一声不响放我鸽子的，这一行当，干的就是个规矩，这么多事儿，估计干不长。"

董姐转过头问我："你刚才，说你在车上见到几个人？"

那司机是谁？

我盯着董姐，一股恶寒从体内流过，我看向赵哥，向他冲过去，大喊着："那司机是谁！"

一股力量拽住了我，我回头，发现加油管已经被拉直，而我手里握着的不是加油枪，而是裸露的加油管。无色透明的温暖液体不断从管道中涌出，从我的脚下开始向四周蔓延。

我感到一阵晕眩，没有办法保持平衡，我松开了手，向后倒去，但并未感受到地面的碰撞，取而代之的是持续的失重感。

我闭上眼，试图抗拒这阵眩晕，董姐、赵哥、新洼服务区，连同这一整个漫长的夜晚都在我眼前消失了。我蜷缩成一团，大口呼吸，想要让自己平静下来。我突然感受到一股冲动，让我想要割断自己和世界的一切联系，但我做不到，我就像是一块木头，在河流里随波逐流，我能做的只有避开那些石头，尽量让自己不再受伤。

湍急的水流逐渐平息，世界也安静下来。再也没有车辆的轰鸣，没有人流的嘈杂，也没有风吹过树林的声音。

好安静。

"这是你欠我的。"

我睁开眼睛。

被梦见的人炸了
深红梦境之底惊醒

被梦见的人将于深红梦境之底惊醒

壹零

"我们的肉体,在虚无之中捕捉到了我们的灵魂,于是灵魂被囚禁在这个世界当中。这就是命运的本质,来自虚无,来自混沌。"

摸着手里的收音机,我脑海中忽然有了这样的念头。音频信号被转化为电信号,散射到茫茫宇宙中,然后被收音机捕捉到,再回归为音频信号。空气中的电信号和虚无中的命运,都是同样混沌的东西。

某些活泼的电信号冲出大气,抵达电离层,经过复杂的物理现象加持,能在地表上游离数十年之久。所以有时候,我们可以通过收音机听到不属于这个时代的声音。不过,大部分电信号没有这种福气。比如我手中这个冰凉的铁疙瘩,晶体管收音机,一般叫它"半导体"。它古早又崭新,古早是说它的造型,带着改革开放前年代的气息,而崭新是说,它几乎没有什么使用痕迹,是我前几天从后勤保障科领的。

不论收还是发,它几乎是信号的绝缘体。那些冲劲满满的电信号,经过游梁式抽油机、机关大楼、盐碱沼泽和积雪的阻挡与挽留，变得再三而竭。我这几天一直在听评书《水浒传》，可微弱的信号把那些极富画面感的讲述变成了鬼画魂，梁山好汉们顿时面目可憎。没办法，我只好收起天线，在劳保手套外再套上一层棉手套，裹紧军大衣，推开上着绿漆的木门，走进凛冽的寒风中。

巡夜开始了。

这是一座远离人群，建在沼泽、淤泥和芦苇荡之中的采油厂。在北大门值班，还能算是美差一件。毕竟来慰问的领导都走北门进入机关大楼，运气好的保安还能蹭上几张合影。可惜，我在南大门值班，全厂离机关大楼最远的地方，除了溜门撬锁之徒，没人会走这里。

顶着冷气走出值班室，我随手甩上门，却没有听到预料之中的关门声。

那绝不是我关门的力道小了，就算是，凛冽的北风也能把门按得严严实实的。我回头看看，门体不但没挨上门框，反倒向着我这个方向缓缓弹开，仿佛门里安了一套弹簧装置。

我转身又推了一把门，没想到门还是弹开了，就像保安室里有人推着门跟我作对似的。

我回到保安室里，偏头看了看，然后立刻攥紧了掌中的手电筒。

里面有个人。

他就站在门框靠里一些的位置，恰好卡着我的视线死角。他和我一样，面部被雷锋帽和极厚的布口罩压缩得只露出一双眼睛，军大衣上至下颌线，下抵棉鞋面，阻挡寒气的同时也藏住了大部分个人特征。

"你好。"他说，"我能跟你打听点事吗？"

这人很怪。这是我见到他的第一反应。

在保安室，我就像个镇门石兽一样，很多人来来往往，而我岿然不动，观察着他们，描绘着他们，思索着他们。我见过了足够多的人，其中大部分人都会立刻定格下他们给我的第一印象。比如说，这人有些下流，这人不好惹，这个女人声音一定很温柔，这种定格，跟他们身上单一的特征无关，而是整体组合给我带来的感觉。但眼前这个人，他没有在我的底片上留下第一印象，就像个被虚化的影子，所以我感觉他很奇怪。

我把门关上，摘掉帽子。

"打听就打听呗，进门也不吭个声。"

我上下打量着他。

那双眼睛很寻常，看眼角的纹路应该比我大十到十五岁。军大衣也是惯有的样式，风纪扣的位置拉开，露出里面的白色内搭。在志怪小说中，往往会从这个位置看到对襟的衣服，用线缝上，那是寿衣的制式和穿法，但他里面穿的是平常的毛衣和棉衣。在不知晓对方身份的前提下，我只能把他预设成采油厂的职工。

哪个职工会大半夜跑到我这儿来打听事？

"你好，我问一下，机关大楼怎么走？"他说话的声音像是腹语。

"最高的那栋就是。"这不用打听。

借着给他比划方向的动作，我偷偷朝门外看了看，雪地上脚印杂乱，但最新的几道，很明显是从南大门之外延伸过来的。

他是外面的人，在这个时间段，汤风冒雪进入厂区，只是为了问一个尽人皆知的问题。

我的目光下移，落在了他的右肘内，那里夹着一个脸盆。

这里的职工第一天来厂里报到，都会携带一些装备。在这个时间点，他们应该是从大众浴池洗完澡回家，脸盆里塞着洗漱用品和换洗衣物。如果下雨的话，左手还会打把伞。

他的脸盆里什么都没有。盆外表和内部都是深褐色的，像是擦不掉的泥巴。盆沿的颜色稍浅一些。整体观察下来，和农村家庭堂屋里放置的大缸很像。

我定定看了几秒钟，发现了更大的问题。

这盆是漏的，中间有一个规则的圆孔。这根本就不是脸盆，而是用泥巴烧制的瓷盆！

在民间，它被称为"阴阳盆""孝盆""吉祥盆"或"老盆"，一般在出殡时使用，由逝者的小子持握，重重地摔在一块老砖上，作为起灵的信号。

"你这盆……"

他硬邦邦地打断了我："你好，我还想问一下，宿舍楼怎么走？"

"出门往东直走就是。"我实在很不喜欢这句多余的"你好"。

他终于有了动作，从兜里掏出一张皱巴巴的照片，看样子被摩挲揉搓不知道多少次了。

他把照片亮给我看："这个人你见过吗？"

"没见过，我刚来这没多久，厂里人认不全。请问你……"

"那麻烦你帮我多留意一下吧，"他并不在乎别人的话说没说完，"再见。"

他就这么拉开了门走了出去，我盯着他离开的方向，只要往厂里走一步，职责所在，我还得拉住他做登记，如果发生冲突，我得向总值班室求助。

可是，他径直朝南大门的方向走去了。走了两步他停下，没有转身，只给我留了句话：

"晚上尽量别出门，可能会遇到怪事。"

怪人说怪话，虽然心底瘆得慌，但我还是必须出门巡夜。

来到值班室外，风差点掀掉我的雷锋帽，我紧了紧带子，擦掉木门气窗上的冰花，和室内的温暖做了一个短暂的告别。接着，我正了正军大衣领口别着的胸章，上面写着"采油厂保卫科"。棉衣棉裤像铠甲一样沉重，做完这些，我已经开始累了，不得不张开嘴大喘气，呼出的粗气甩在脸上，就挂上眉梢形成了霜。

厚厚的手套束缚住了手指,把推动按钮的工作变得艰难。手中的老式手电筒外壳是表面电镀的铁皮,照射在玻璃上会形成一个绿色的圈。我握着手电筒,深一脚浅一脚踩在积雪中,风雪刮得我睁不开眼。在这里,入冬后,只要下了一场雪,这场雪就会贯穿整个冬天——风会把积雪吹起来,循环往复地呈现它们第一次落下的场景。

很可惜,即便远离大城市,这里也看不到一颗星星。各类高耸的设备上,每隔几米就悬挂着一颗大功率灯泡,完全取代了星星的位置。

那张压在值班室透明桌板下的巡夜流程,指挥着我来到第一处巡逻的站点,就是组合流水线的地方。这些设备很像巨幅广告牌的集合,离地面近的地方,多是承重或挑高的柱子,越往高设备越精密,线路越繁杂。我记不住这套生产线的名字,专业名词太多,是用来原油粗加工的。整体来看,它们就像是苏联的杜伽远程警戒雷达,那东西每启动一次,全球无线电信号短波频段都会受到干扰,会发出类似直升机螺旋桨的旋转声,或者啄木鸟敲击木头的急促敲击声,后来,我在很多游戏里见过它。

到了这套设备下方,我把手电筒朝下,流程上写道"巡夜至此处,严禁使用手电筒照射设备顶部,会给设备工作人员带来不必要的影响"。确实,我抬头看了看,三四个工作人员在军大衣外面套着绝缘服,又在雷锋帽上戴着安全帽,正悬在高达数十米的设备上敲敲打打,比走钢丝还危险。

继续跟着流程走,我来到了一处钻井平台外,跟前几次一样,只是远远地用手电筒照了照。跟我来回替班的是保卫科的一位老师傅,他说过,这个地方,照照就行,不用亲自过去,全厂都没人来,外面的人爱来就来吧,那里什么物资都没有。

这里已经停止工作了,原本开设的井口被封存,用混凝土在井口外砌了一个半人多高,四四方方的墙,就像一个奇怪的棺材。手电筒的光下是一片雪白,原本立在钻井平台附近的警戒线已经被积雪压塌了,我迟疑了很久,还是打算等排到白天的班再来巡逻。

这里死过一个人。

那是厂区建立以来第一次井喷事故,地层流体带来的巨大冲击力直接打飞了钻井钻头,当时执勤的小队长首当其冲,在关闭阀门的过程中,被钻头击中,血肉之躯根本无法阻挡大地的愤怒,他没能留下全尸。

经过层层处理,井喷带来的影响消除了,可夜间在钻井平台工作的人,总能听到奇怪的声音,那不像是人能发出的,更不属于钻井设备。更有甚者,屡次梦见自己被那位小队长扔进井口。所以后来,这个平台的工作就被无限期暂停了,反正这个地方到处都是油,新开井的成本很快就会被产油量抹平,以此来换取人心平稳,大家都能接受。

我正准备转身朝下一个巡视区行走,突然听见钻井平台的方向传来了窸窸窣窣的声音。

有事白天再说吧,我脚下生风,直奔下一个巡查地点,宿舍楼。

三栋宿舍楼在黑夜下静默肃立,整体排列像三根捆在一起的香。楼都算不上高,四五层的样子,每栋楼只有一个单元入口,一梯两户,这种建筑构型被称为"点式楼",沿袭了苏联的建筑风格。

三栋楼都是砖石结构,看不出混凝土浇筑的痕迹,阴面有很多干枯的植物根丝,一直蔓延到顶层,那是爬山虎冻死后的遗体。阳面的墙上比较干净,但砖石上遍布着星星点点的痕迹,就像海礁上的藤壶让人生理不适,那是爬山虎被人为揪掉留下的痕迹。在阳面,如果不人为干预,爬山虎会疯长到连单元门都进不去。

在我面前的是二、三号楼,两楼并排,从中间的缝隙能隐约看到后面一号楼的轮廓,几乎和夜色融为一体。从地理方位上说,三号楼在二号楼的东侧,一号楼在二、三号楼的北侧。

坦率地说,绝不是为了摸鱼偷懒,我真的觉得这里没有必要巡查。我的临时宿舍就在二号楼的四楼,最东边那一间,和三号楼只有两墙之隔,用手电筒向上一晃,还能看见我晾在窗边的工服。关于二号楼,还有一个小插曲。巡夜流程记载到此处时,有人用红笔在宋体字旁边写着:若12点后巡夜,发现二号楼一、二楼之间楼梯的廊灯亮起,什么都不要管,马上回到值班室,不要再出门,直到天亮后向来交接的下一任保安交代此事。

那张巡夜流程不知道是哪一代值班人员留下的,边缘已经泛黄了,红字看上去也颇有岁月。如果这些字迹歪歪扭扭,墨迹有向右蹭过的痕迹,那起码证明书写者是在紧急的情况中留下的警告。但这红字是极其亮眼的楷书,笔锋转折都苍劲有力,堪比幼年练字所用的字帖。这样正式的警告,他竟然没有重新打印一份巡夜流程,而是采用了手写补充,这确实奇怪。

所以这可能是个恶作剧。有的人会在网络上分享自己去废弃地点探险的经历,那些破败的残垣断壁上往往都会有类似的涂鸦文字,内容大多神神鬼鬼,但实际上,浑浊的瘴气和破伤风梭菌导致的感染才是这些地方最可怕的危险。

二号楼这个廊灯的故事,我是晓得的。我第一次住进二号楼的时候,经过一、二楼之间的楼梯不知道多少次,所有的廊灯都是声控的,唯独这颗灯泡对声音免疫,晚上下班回家,使劲跺脚大喊它都没有反应。它应该早就坏了,不可能亮起来。

我一边在心里嘲笑这些红字玩笑的不合理,一边转身离开。

按照巡夜流程,我又巡查了供电和供暖设备。

最后,我来到了流程上的终点,采油厂南大门。

采油厂北大门宽阔的门下通道能并排行驶三辆采油作业特种车辆,高耸的汉白玉柱分列两侧,门拱挑高超过十米,被制成一艘大船的形状,寓意扬帆起航。跟气派的北大门比起来,南门的寒酸就像帝王陵墓外那些无人在意的工人万葬坑。

南大门的制式毫无特点到令我无法描述，跟城市中不起眼的小区大门没什么两样。北门外是宽阔平整的柏油马路，北方海边潮气大，且四季分明，一到开春的季节，路面就会因热胀冷缩形成一个个小鼓包，可想而知，要保证马路的平整，需要耗费多少人力物力。相比之下，南门外的马路由水泥和沙土混合制成，坑洼不平，左右极窄，两辆轿车相向错车都难，若非必要，没有司机会把车开到这里。

手电筒扫过南大门，看到的并非采油设备的轮廓，而是疯长的芦苇。风一吹，它们的影子影影绰绰，像小山一样朝我压过来。

在这个位置，各类设备运转的声音都消弭了，竟然能听到一两声蛐蛐叫。我把手电筒对准脚边，正好看见一只通体漆黑的昆虫一猛子扎进雪窝。气温逼近零下二十度，不管是昆虫还是芦苇，都不应该能在这种环境下生存，不过，也可以理解，就像《聊斋志异》里讲的，人气少的地方，多生精怪。

终于能回值班室了，我深一脚浅一脚地朝回走，出门巡夜前留下的灯光此刻令我倍感温馨。我并不饿，但一想到值班室里存放的热水、泡面、红肠和卤鸡腿，配上二两散白酒，我竟然流出了口水。只有在足够安全感的环境中，食欲才能显现。

三步并作两步，我跑回值班室门口，钥匙插进锁芯，刚要给把手向下扳，一双白手套就覆盖在了我的双手上。

我心里一惊，转身举起手电筒就要朝下砸，结果竟见到了一张泪眼婆娑的脸。

一个长发披肩的女人，比我矮两个头，头上戴着一顶颇有设计感的白帽子。厚厚的棉口罩遮住了她的口鼻，哈气留在她的镜片上，我也看不到她的眼睛，只能看见脸上的泪痕，长款羽绒服、靴子、手套、背包……全身衣物都是白色的。虽然几乎难以窥见她的五官，但从她的打扮时髦程度来看，应该是一位姿色颇丰的少妇。

"吓我一跳！"我大喊了一声，"你走路怎么没声啊？"

"不好意思啊小兄弟，我也是太着急了……"

她摘下手套，接着便扯掉口罩和眼镜，又取下头上的帽子，烫卷过的头发被压成了几块，显得有些狼狈。

我刚才的判断没错，她的五官精致，皮肤也没留下风吹日晒的痕迹，从打扮来看肯定也不是一线工人，而是在机关单位从事文职工作的。

她摘下眼镜，是为了拿掉哈气的隔阂和我对话，不过近视的人不戴眼镜会在一定程度上丧失对距离的判断，她几乎贴在了我身上。我看到她通红的双眼，里面尽是担忧。

我拉开门，示意她进屋："有什么事进来说。"

她的声音带着哭腔："不进去了小兄弟，我着急啊……"

我说："那也行，你先冷静冷静，从现在开始，你用最短的话跟我说你到底要干什么，千万别哭，那太影响效率了。"

她说:"我孩子丢了!他和几个同学在我家玩,我晚上跟同事约好了一起去吃饭,结果回家之后发现家里一个人都没有,到处打听了一圈,有人看见他们往这边来了。我以为等一会儿他们就会自己回来,没想到都到这个点了也不见人。"

我说:"我问你什么你就回答什么。你孩子叫什么,多大,他同学有几个,分别叫什么名字,从你知道他们不见了之后,到现在,有多长时间了?"

她说:"我孩子叫李宏,上中学了,今年十四岁,跟他一起玩的是他最好的两个同学,一个叫刘建国,一个叫张贺程。我大概是晚上九点多回家的,到现在三个多小时过去了。"

说到这儿,她狠狠啜泣了一下,接着跺了两下脚。

我之前对某些网文嗤之以鼻,比如"急得直跺脚",我觉得这种写法非常矫揉造作。跺脚这个动作,可能出现在踩虫子时,可能出现在脚底沾了东西时,但怎么可能出现在心里特别着急的时候呢?直到看见这个女人,我才发现,原来急火攻心之时,人真的会跺脚。

"OK,你叫什么?"

"我叫赵晓芝,我在财务科,就在机关大楼里上班。"

"好的赵姐,我给你分析一下情况。"我不再看她,转身拉开值班室的门,里面暖气熊熊,我脸上的冰霜一下就化成了水,"今天晚上一直是我值班,我刚巡夜回来,除了巡夜这半个小时,我一直都在值班室里,没看到周围有小孩经过。这个时间,就我们两个人，人力实在不够。"

几个熊孩子，正是到处瞎折腾的年纪，我怀疑他们一起出厂区探险去了。

"在这里还好，是我的职责范围内，可我感觉他们应该是跑出厂区玩了。那芦苇荡，那沼泽地，那雪窝，别说他们了，我们两个出去找他们都可能有危险。"我摘下了头上的雷锋帽，放在桌子上，"我现在就给总值班室打电话，看看他们怎么安排，可能得叫上大部分值班的人，组个小分队找他们。你放心，厂里动作很快的，你进来跟我一起等一会儿。"

"那我得等多久啊……"赵晓芝彻底绷不住了，她哭了起来。

"二十分钟，最多半小时。"

"那你打完电话，能不能跟我一起先找找孩子啊。"

我摇了摇头："我刚说了，太危险了，而且厂区外本来就不是我负责的范围。"

她突然瞪大眼睛，恶狠狠地说："那我就自己去找！我告诉你，要是孩子们有个三长两短，我非得跟领导举报你不可，你根本不办事儿，你这样当什么保安！"

我把值班室的门推得更大了一些，做了一个"请"的手势："随便。"

"小宏！小宏！建国！张贺程！"

我把门关上，又朝里拽了两把，将女人的声音和风雪一起隔离在外。

我坐在桌子旁,给总值班室打了电话上报情况,又摩拳擦掌了一会儿,拿出散白酒美美地喝了一口,从味蕾到喉管的刺激让我浑身抖了下激灵。接着,我把暖壶里的开水倒进方便面桶,把手电筒压在上面。

眼前热气蒸腾,方便面的香气逐渐扩散到五脏六腑,我舒适得甚至开始发呆。渐渐地,一股诡异感从脚下传遍我的全身。我看向门,渐渐察觉到一点困惑。

刚才的对话是从我嘴巴里说出来的吗?我在这里干了多久了?这样的事情我经历过多少次?我几乎没有思考,凭借本能就把那个女人打发走了。

面泡好了,我满意地点了点头,拿下手电筒,把泡面包装彻底撕开,举起叉子,"嘶哈嘶哈"地吹了一会儿,把第一口面送进嘴里。

真好吃。

我喝了一口面汤,一边咀嚼一边在桌下翻找其他零食,直到把嘴里的东西全部咽下去,什么都没找到,可能我也不知道我到底在找什么。我低声骂了一句,戴上雷锋帽,抄起手电筒,披上军大衣,重新走进风雪之中。

那女人根本没走远,或者说,她根本就是在值班室附近漫无目的地转圈,进行着毫无意义的寻找。

"赵姐!"她的位置大概位于南门和值班室中间,我跑到她身边，气喘吁吁，"你帽子掉了！"

我伸手递出那顶白帽子，那是我刚刚走过来时从雪地里捡的。

"你先揣着吧。"她头都没回。

"你跟我来！"我拍了拍她的肩膀，接着就往反方向行走，"之前井喷过的那地方你知道不！刚才在那儿，我听到声音了！没准就是孩子们！"

我用着最大的嗓门喊着，在周边没有建筑物的情况下，风会把声音吹散，只有大喊才能保证对方听清。

很快，她就超过了我，朝钻井平台的方向走去，路过我身边的时候，她低声说了句："谢谢。"

我跟着紧跑了两步，跟她平行，钻井平台越来越近了，我压低手电筒，抬头看了看，组合流水线上，那些夜班工人仍在努力工作着。我本来没抱什么希望，我觉得刚才巡夜时在这里听到的声音是我的耳鸣。如果真有孩子在这里，那我来的时候他们怎么不呼救？

没想到，到了离警戒线还有五六步的地方，那堵混凝土墙背后突然传来了撕心裂肺的喊声："赵姨！"

又沙哑又尖锐，是变声期男孩会发出的声音。

"贺程！"

赵晓芝失声尖叫了一句，飞速朝那里跑去。

"小心！"

我喊了一声,但已经晚了,赵晓芝被埋在积雪下的警戒线绊倒。我上前把她扶起来:"你自己出来找孩子,连个手电筒都不带?"

她一边跑一边说:"我能看清。"

我们绕到那堵混凝土墙背后,真的看见了一个黄毛小子,穿着采油厂中学的校服棉袄,戴着个瓶底厚的眼镜,嘴边都是绒毛。

"赵姨!"他哭喊起来。

他原本缩在墙后面,看到我们之后就站了起来,我上前一巴掌就给他抡倒了。

"你他妈的熊小子,刚才我来的时候你怎么不出声!"

他被我打得差点背过气去,抽抽噎噎地说:"我怕……我怕被批评……"

赵晓芝推了我一下,把这个叫张贺程的男孩搂在怀里,摸着他被冻硬的头发:"不怕不怕啊贺程,告诉阿姨,小宏和建国去哪儿了?"

不问不要紧,这一问,男孩哭得更大声了,赵晓芝帮他顺了顺气,他在断断续续地说:

"我们在家里实在没意思,建国就提议一起出来探险,李宏也说好,没办法,他俩岁数都比我大,我只能跟他们走。他们说先来这儿,说这儿死过人,结果发现这儿没什么意思,他们接着就要去南门外那片野坟,我太害怕了,没敢去,就说在这儿等他们，结果他们到现在也没回来！"

壹壹

我知道他说的地方在哪儿。在采油厂，每个人都知道。

就像所有的怪谈一样，在我们庸俗的日常生活中总会有个超越日常的"禁词"，本地人都对此避而讳之。它可能是一个人、一个地方或者一段时间。在我们采油厂，它就是那片野坟。

它位于南大门偏东一公里左右，远离主干道。那里有一大片滩涂，没人知道在这种稍微使点劲走路就会陷进去的地方，为什么能凭空生出一片能承受棺材重量的坚实土地。

那里被水泡、沼泽和芦苇荡包裹，宛在水中央。在其他季节，人没法从南大门到那里，只得再往东边的方向走远点，找到一条类似田埂的细长土坡，沿着那被泥地掩藏的小径，慢慢摸索才能找到入口。有时候水涨了，整条路淹在浅滩里，人稍有不慎就会一脚踩空，被困入沼泽，因此，若对道路没有特别熟悉的话，去了就等于自杀。

不过，到了冬天降温，水泡冻上之后，人们就可以踩着冰走过去，李宏和刘建国走的应该就是这条路。

"你跟你赵姨先回值班室，门没锁。"我把两个人朝值班室的方向推了推,"你再跟我说下,他俩今天穿的什么衣服,大概什么样子,随身带了什么东西。"

张贺程也是吓坏了,三句话崩不出一个屁,我极费力才打听清楚另外两个孩子的特征。李宏个头最高,得有一米七了,今天出门时穿着一件红羽绒服;刘建国是个胖子,光头。两人走的时候只带了一部手电筒,不幸中的万幸,还揣了两瓶水和两个卤蛋。

"小兄弟,要不你等等我,我送孩子到值班室后跟你一起去?"

"别折腾了,你就在值班室等我,或者等上面来人吧,外面情况不明,别到时候我没找到孩子,还得照顾你。"

现在是争分夺秒的时刻,如果真有孩子陷入泥潭或沼泽,早被发现一秒,就早一丝生还的机会。跑出南大门外时,我侧头看了看,赵晓芝和张贺程快到值班室门口了。

出门,往东,水泥路,往前走,向下有个小坡,我速度快到似乎是一路滑着冰过去的。周围已经看不见建筑物和围墙了,手电筒亮度越来越晦暗,光柱就像照进黑夜的深海,黑暗深不见底,而我来不及恐惧,也来不及思索为何我对这片路况如此熟悉。

我放缓了速度,眯起眼睛打量四周,终于在光照范围的尽头瞧见一座小房屋,在一片黑暗的旷野中,那就是地标性建筑了。我知道,这里离野坟很近,当时,为了把这些水泡改造成鱼塘,厂里在这儿建了一间小屋,除了一个脸盆大的阀门,里面什么都没有,那是为了控制接下来即将修建的小水闸。可后来,这里的水质实在太差,水塘工程也就搁浅了。

最初,我打算通过雪地上的脚印判断两个孩子的去向,跟了两步就迷糊了。收割芦苇的人每天都走这条路,地上的印迹早就杂乱无章了。

建筑废品,没有;生活垃圾,没有;墙上涂鸦、小广告,都没有。在我接近小屋的过程中,我以为好歹能发现一些"人迹",但最终,我只发现了"神迹"。

这根本不是什么阀门小屋,而是一座小小的土地庙,它的高度甚至只到我的小腿,就像个佛龛一样。没有其他参照物,光线薄弱,加上近大远小的缘故,大大影响了我的判断,导致我以为它是个足以容纳人的建筑。

我站在外头,手电筒的光很难照进内部。我认不清所供之神的真身,只能看到外面的贡品。香灰散尽,黄纸飞舞,上面画着红点的馒头早已冻到板结,比砖头还像凶器。

我一下就慌了,摘下帽子,使劲揉了揉太阳穴和前额,努力让自己冷静下来。

对鬼鬼神神,我有敬畏,但远不到害怕的程度,"鬼打墙"这个名词对我来说,物理上的惊悚程度远大于精神上的,在这种地方找错了地标,迷路带来的危险很可能是致命的。

我在原地转圈,把手电筒的功率调到最大,试图找到那间传说中的阀门小屋，回到正轨。

就在这时，我听见了"噗通"一声，那是落水的响动。

零下二十度，滩涂变坦途，我也不在乎自己是跑在地上还是沼泽上了，三步并作两步朝那边跑去，没找到发声的源头，倒是误打误撞看见了那间阀门小屋。

我一下钻进屋里，嗅到一股子土腥味。这屋子没有门，避风效果却格外好，里面甚至有些暖和。

阀门就在屋子中央，上面的胶皮已经全部脱落，各个连接处锈得不成样子。我在地上翻翻找找，捡起了一个空的卤蛋包装，里面还有几滴汤汁流出来。

那两个熊孩子果然来这儿了。

走出门，手电筒打向东边，我终于看到了石碑的反光。此刻，我和那片野坟只有一个水泡之隔。

压根顾不上衣服脏不脏了，我手脚并用，从岸边滑下去，踩在积雪上。大雪将一切都覆盖了，要不是有落差，这儿和陆地没什么两样。

有的地方雪厚，有的地方雪薄，脚踩上去，回头用手电筒照，能看到冰面下芦苇被割走后剩下的根系，那观感不是很好，我总觉得，像是从黄泉道上伸出的无数双手。

田里有芦苇，那是有害作物，但大泽上长芦苇，还是成片成片地长，这东西就有用了，又能编筐，又能做防水材料。没人在其他三季割芦苇，水、泥混合的沼泽是它们天然的保护伞，但一到冬天，水面冻得硬实，芦苇就难逃被割走的命运。

我忽然想到一件事：既然这时节芦苇都被割掉了，那我在南大门巡查的时候，看到的那些随风摇摆的东西是什么？

我朝野坟那边走了一会儿，手电筒的光线突然产生了别样的反光，跟照在雪地或冰面上很不同，我跑过去，仔细观察了一番——

那竟然是一个光头。

"刘建国！"

我把手电筒对准他，越跑越近，他的状态很不好了，四分之三身体都陷到了下面，只有胸口往上的部分还露在外面，他面色发紫，不知道是冻的还是憋的，对于我的喊声和光线的刺激，他几乎没有力气反应了。每隔一段时间，他就会打一个空嗝。

他越危险，我越不能急。呼吸，我放慢脚步，把重心放在支撑腿上，迈出去的脚缓缓踩实，才转换重心，继续迈下一步。

就这么挪到他的身边，我办事讲究简单粗暴，甩了他两巴掌，又用手电筒最大功率对着他眼睛晃，他终于缓缓醒过来，呜呜叫着，整个人使劲要往上爬。

"你别着急。"我匍匐在冰面上，头对着他，双手环住他的胳肢窝，"咱们一起使劲。"

配合使劲了两下，我就发现事情没这么简单。表面上看，这里是雪地，实际上，雪下面藏着冰，冰下面是类似沼泽和滩涂的泥地。这个温度，泥地确实冻得邦邦硬了，但冻不到那么透，就是说，越深的泥层越活跃。恰好刘建国还是个胖子，他估计是一脚踩进最深处的泥层，想把下半身拔出来，结果越陷越深，孤身奋战，在这里被卡住的过程中，冷气又灌入下面活跃的泥层，把它们也冻上了，更没法出来了。

得想个办法加点力，凭我自己很难把他救出来。

我大声安抚他："你别折腾了，越折腾越出不来，你等我，五分钟。"

我强迫自己不看他的脸，那会增加我不必要的焦虑。我的身上只有衣物和一部手电筒，四周只有冰雪、土地、冷空气和芦苇。

我开始捡拾周围冰面上那些被割断后散落的芦苇茎秆，很快就收集了一捆，大概一双手合围那么粗，接着，我开始把这些茎秆编织成一条长绳，套在刘建国的腋下，打了个死结，又编了另一条绳子，拴在这根绳子上，那头甩到阀门小屋里，绕在阀门下。

原理不难，实际操作起来却很浪费时间。刘建国年龄不大，此刻倒表现得很成熟，应该是感知到我正在真心实意地救他，他没吵没闹，这极大地增加了我的工作效率。

确认一切准备完毕后，我来到他身边："待会儿我去那个小屋里拉你，你感觉到腋下的绳子在使劲，你就努力往上抬。"

他用力点了点头，这是我见到他以来，他的眼神最清澈的时刻。

我回到阀门小屋,开始拽动这根芦苇编成的绳子,定滑轮虽然不省力,但会改变力的方向,拽一根绳子,可比拽他本人好用力多了。

我缓缓加力,心中祈祷着芦苇给点力,绳子不要断,直到我使出了最大的力气。我正在出汗,汗水会逐渐浸湿我厚重的衣服,我感觉身上比压着石头还沉,正在丧失对身体的控制权。

十几秒后,手上的劲一下就松了。坏了,我的第一想法是,绳子还是断了。

我赶紧跑出小屋,听见刘建国在那边喊:"我出来了!"

我跑过去把他接进小屋,他的上半身全是冰碴和水渍,下半身全是泥。

我心里短暂地松了口气,然后让他在小屋里坐下,问他:"李宏呢?"

他到处找水,我没带,在阀门小屋里找到一瓶剩了个底的矿泉水,都冻成冰了,我在地上敲了几下递给他,他也顾不上干净不干净了,咔哧咔哧嚼起冰块来。

"他……他还在野坟那儿没出来。"

我说:"你就在这儿等我,我马上把他带出来,我们一起回厂里。"

刚跑出小屋,我忽然意识到一件事。

我发现刘建国的时候,他的脸是朝着小屋这边的,就是说,他是在逃离野坟的途中陷入了泥潭。

野坟那里发生了什么？

我又回到屋里问刘建国，他支支吾吾说不出个所以然来，在退出最危险的状态之后，他的幼稚程度直线上升，应该说是迅速回到了年龄该有的状态。

无奈之下，我只好带着这个疑惑先去救人。我重新回到冰面上，走一步缓两步，终于安全到达了对面的野坟。

高矮不一的坟包布满了这片土地，有大有小，大部分都没有墓碑。仅有的几个墓碑上面也空空如也，一个字都没写，它们和大多数的死亡一样，没有意义。

我在外围转了一圈，用手电筒朝里照，没什么发现，墓碑加上坟包遮挡，视线太差了，只能进去。

跟沼泽比起来，这片土地虽然很坚实，但也架不住湿气重，很多土壤都在春秋的雨季松散了，到冬季又冻成一个又一个硬块，根本起不到搭垒的作用。有的坟坑挖得浅，棺材没能整个埋进去，加上表面的土壤滚落，露出了棺材的一角，整个都腐朽了。

我尽量不打扰这些长眠之人，左拐右拐，猛地一抬头，突然被一个巨大的坟包挡住了去路。不论是电视里还是现实中，它比我看过的任何坟包都大（当然不包括秦始皇陵这种），坟尖几乎和我的胸口平齐。如果我没看到竖立着的墓碑，差点把它当成一个小坡迈上去。

绕过坟包,来到墓碑这侧,手电筒一扫,我就发现墓碑下一抹鲜红的身影。

李宏正靠着墓碑半躺着,手电筒滚落在一边,已经没电了。他均匀地呼吸着,甚至轻轻打起了鼾,就跟睡着了一模一样。我蹲在他身边,刚想把他叫醒,就看到了奇异的一幕。

他的手向后伸着,居然伸进了坟包里面。

我轻轻把他的手拽出来,手上除了淤泥什么都没有,也看不出什么坏死或折断的迹象。他伸进去的那个空洞,不像是他掏出来的,边缘没有新茬,应该是形成了有一段时间。

我用手电筒向里面照,光像被吞噬了一样。我看着里面泛着墨绿色的黑暗,产生了一种它在接近我的错觉。

我拍了拍李宏的脸,他迷迷糊糊醒过来,就好像刚从家里起床一样,除了稍微冻到了,说话带点鼻音,剩下的一切都跟正常人一样。他懵懂地看了看我,又看了看四周,一下跳起来:"妈呀这是哪儿啊!"很快,他捂住脑袋,看着就要倒,我赶紧扶住他。

"你应该是起猛了。"我说,"你缓一缓,跟我说说你还记得些什么?"

我们边走边说。

"是,我和建国还有贺程晚上待着没意思,就想着跑出来玩玩,反正都在厂区里嘛,也没什么危险。我们就去了那个钻井平台,左看右看发现没什么意思,忘了是谁提议的,说要不就去厂区外的野坟看看?太晚了,我们根本就没打算去,又待了一会儿就回家了。我清楚地记得我回家刷了牙洗了脸,本来还想吃个苹果,想着刷完牙了就没吃,躺床上很快就睡着了,怎么一起来就在这个地方呢?"

和刘建国会合后,两个人一对,我在旁边听着,哪哪都不对劲。

李宏一直提议要来野坟,刘建国也想去,但张贺程说什么都不去,两个人就让张贺程在钻井平台等他们。到这里,一切都和张贺程之前说的能对上。

再往后,李宏和刘建国的说法简直就是云泥之别。刘建国说,两个人来到野坟,一眼就盯上了那座最大的坟包,李宏先看见了那个空洞,贱兮兮地把手伸进去,突然表情痛苦,好像被卡住了,怎么拔都拔不出来,刘建国吓得赶紧离开,这才陷进了泥潭之中。

"随便吧,都没啥事就好。"

我安慰这两个孩子,把他们带回值班室。值班室里只有张贺程一个人,不见赵晓芝,这孩子估计饿坏了,把我剩的方便面都吃了,现在正安详地睡在我的床上。

这大姐跑哪儿去了?难道又出去找人了?

我给总值班室打电话汇报,那边急得语无伦次,说给我的值班室打电话一直没人接。我通报了三个孩子安全归来的消息,避免夜长梦多，我打听到了赵晓芝家的住址，把三个孩子都送了回去。

开门的人是赵晓芝。

她穿着睡衣，看着我，一副看陌生人的表情，好像今天晚上从来没有见过我。

我不动声色地问："您好，赵晓芝是吧。"

"对对对……"

话还没说完，我身后的三个孩子就一溜烟跑进去，李宏抱着他妈妈小声哭了起来。

她臭骂了三个孩子一顿，接着抹着脸上的泪痕，对我千言万谢。

我说："孩子安全比什么都好。我有些情况要跟你了解一下，孩子丢了，那两个孩子的家长不在吗？"

她有些不好意思："我还没敢告诉他们，就说三个孩子玩得太晚，都在我家睡了……"

我问："孩子丢了，你就不出去找找？"

她说："孩子他爸出去找了呀，他让我留在家里，说外面天寒地冻的，我一个女人出去太危险，他去联系值班人员……对了，我还没告诉他孩子回来了，得想个办法联系到他！"

我摆摆手："不用了，估计你老公在总值班室呢，那边已经知道孩子回来的消息了。"

她拽住我的手晃来晃去，道谢的话不知道说了多少遍。

我问:"您今天晚上从没出去过是吗?"

她说:"出去过,我去吃饭了,回来就发现孩子不在家里了,然后我赶紧联系我老公,接着就一直在家等着了。"

"您是不是有一顶白帽子,还挺有设计感的?"

她一脸惊讶:"您怎么知道的?"

我说:"你看看在不在家里,如果在的话拿出来给我看看。"

她回到卧室,翻找了一会儿,拿出了那顶帽子。

我认得它,不到两小时之前,它还在我的手里攥着。

她用探询的眼神看向我,我没有对她解释的心情,转头对孩子们说:"那个……张贺程,你出来,我问你点事儿,你没在值班室动我的东西吧。"

等他出了门,我把他拉到一边,低声问:"小伙儿,你想想,你被我找到的时候,我身边没有其他人吗?"

他支支吾吾,最后说出了一个模棱两可的答案:"好像是还有个人吧,我记不太清了……"

我三言两语,告别了三个孩子和赵晓芝,径直朝组合流水线走去。

我犯了禁忌,举起手电筒就朝上面照。果然,不一会儿就传来了骂声:"他妈的,没人告诉你我们工作的时候不能照手电筒吗?"

我喊:"大哥,你下来一趟呗,我有点事问你!"

"真他妈烦人。"其中一个工人啐了口唾沫,就落在我身边,五分钟后,他不情不愿来到我身边,我把从值班室揣来的烟递到他手里。

"大哥,我问你点事,今晚上是我巡夜,你在上面应该看到我巡夜了吧。"

"看见了,你来了两三趟。"

"那你注意过没有,我来的时候,身边还有别人吗?"

"有一次有吧,你好像带了个男孩走,再我就没看到其他人了。"

……

我回到值班室,想到了跟赵晓芝第一次见面的场景,想到她当时在风雪里摔了一跤,想到我在土地庙听到的落水声,想到了李宏伸出去的手,想到了那个洞。

我实在睡不着,又出去转了一圈。小超市还开着门,我买了一些小菜,又买了一瓶酒,打算等天亮了,接我班的人到来之后,跟他小酌一番,好好问问那片野坟的情况。

我拎着袋子往值班室走,路过宿舍楼,随便一看,二号楼一、二层楼梯之间的廊灯居然亮了。

我忽然想起那个怪人说过的话。

"晚上尽量别出门,可能会遇到怪事。"

这一晚上的怪事可太多了。

接我班的这个人，人们都喊他三哥，我也跟着喊，某种意义上来说，他就是我的师父，值班巡夜这一套流程，最初是他带我走了一遍。

"怎么大早上就把摊支起来了？你才多大岁数，上午就开始喝酒了，酒腻子也没你这样的啊。"三哥拉开值班室的门，发表了一通长篇大论，听我没接话，他坐在我身边，盯着我看了一会儿，"昨晚巡夜遇到事儿了吧。"

"坐，喝着说。"

我没找杯子，拧开一瓶新白酒递给他，又拆开了几个塑料袋，里面是卤鸡爪、卤猪蹄之类的吃食。

看他喝了一大口，我确认自己把他拉上贼船了，才放心地把昨晚经历的所有事，从头到尾跟他说了一遍。

"啧。"他一边咂嘴，一边跟我娓娓道来，"你这些事儿吧，说没有逻辑，还真没有，但要说有逻辑，还真有点。

"我从头给你讲吧，那几座野坟其实不是野坟，或者说不是埋在那儿的野坟。当初建采油厂的时候，选址选了半天，终于在芦苇荡里找到这么一个长宽五公里的平地。你想想，四周都没有人住，这平地都是盐碱的，也没法耕作，这么大块地方，还能干什么——埋人呗。

"当初破土动工挖地基的时候，不知道从这平地下面掏出了多少棺材，大部分都是有主有碑的，联系上了家里人和后代，给了些赔偿，他们就把这些先人接走，另行埋葬了。只有十几座坟到最后也没人认领，只能换个地方让他们暂时入土为安了。你想想，外面野坟那个地方，就在水泡子中间，怎么可能突然多了个平地？那都是厂里派人去填的土，就是为了安置这几座坟。"

说到这儿，他意味深长地望向我："你猜猜，这几座野坟本来是从哪儿挖出来的。"

我不假思索："肯定就是建宿舍楼的时候挖出来的呗，三哥，那巡夜流程上的红字是谁写的啊？"

三哥摇摇头："我也不知道，这就是为什么我说你这事儿背后还有点逻辑。我听我师父说起过，每次那个廊灯一亮，就总有怪事发生。我分析啊，就是那座最大野坟的主儿来找的你，三个熊孩子跑他家去了，打扰他安眠，他给了他们一点小小的惩罚，又不忍心让他们受到更大伤害，就变出了个假赵晓芝来找你，让你去救他们。"

我一仰头，把瓶中的白酒一饮而尽。

"现在你能睡着了吗？心里还有没有什么解不开的结？"他一边啃鸡爪一边问我。

"没有了。"我收拾收拾东西，准备回宿舍睡觉，"三哥，你是不是跟总值班室那边关系挺好的？有时间你让他们给那几座野坟修修吧，好多都漏风了。"

我是被特种车辆轧过路面的声音吵醒的。

它们在厂里被统称为"大车",重量极沉,强大的摩擦力让它们在冰雪路面上行驶都不用铺装防滑链。南大门外本就破败不堪的水泥土路,被它们一轧,更变得坑坑洼洼。

本就一晚上没睡,又喝了将近一斤散白酒,一觉睡到快天黑,我整个人还是浑浑噩噩,几乎找不到东西南北。我半闭着眼睛换了一套工装,用脸盆打了水,洗洗涮涮,毛巾直接丢在床上,一步几晃地走出了宿舍楼,前往值班室准备接三哥的班。我申请连上三天晚班之后,就可以休息三天。

走过一、二楼的楼梯时,我抬头看了看,廊灯是灭的。

夕阳落在了那些游梁式抽油机中间,光线照在雪面上,刺得我睁不开眼。我一边揉着脸,一边朝前走,但我始终没有看到熟悉的值班室和南大门,它们没有这么远。我立刻清醒了过来。虽然宿醉之后的大脑是一片糨糊,但宿舍楼到值班室这一段路,几乎已经刻入了我的潜意识,这是酒精动不了的一块区域。

我赶紧转身往回跑,路过宿舍楼时抬头看了一眼,接着就径直冲向值班室。

三哥在床上呼呼大睡,一看就是早上喝完酒他就没醒过。我把他摇醒,他一边推搡着我一边含混不清地说:"我有起床气你不知道啊!"

我语速很快:"三哥,我又出事儿了,我是不是让什么东西缠上了!"

"每天我睡醒来值班,从二号楼出来右拐,也就是往西走,很快就到值班室了。今天我虽然酒没醒,但肯定出门也是往右拐的,结果我走到陌生的地方去了,那就是说明,我出门往右拐是往东走的。我想了想,二号楼和三号楼都是坐北朝南,只有一号楼是坐南朝北,就是说,我是从一号楼走出来的!

"那问题就更严重了,一号楼四楼靠边的宿舍怎么会跟我宿舍的陈设一模一样?连放毛巾的地方都是我熟悉的位置,而且我换了一身工服,这工服也非常合身!"

"傻小子,不能喝就别喝那么多,怎么说胡话呢。"

三哥从值班室的床上半坐起来,眯着眼睛看了我一会儿,又拍拍我的脸。

"咱们宿舍从来就只有二号楼和三号楼,哪有一号楼?"

壹贰

"拉倒吧。"我笑呵呵地推了三哥一把,"我看是你没睡醒。"

值班室内充斥着的白酒味消解了"没有一号楼"这句话的可信度。听到它,就跟听到有人在酒桌上跟我说南京在北京的北边一样可笑。

但持续的沉默扭转了一切,空气中的可笑氛围逐渐消失了。

我看着他，他盯着我，我瞪着他眼里的我，所有的可笑像旋涡中心一样吸进他的瞳孔里。我怔怔地问：

"你……不是在开玩笑吗？"

"你不是在开玩笑吗？"三哥翻身下床，披上衣服，拉着我就朝宿舍区走，一直到二号楼和三号楼中间，他朝前推了我一把，"你看看，哪个是一号楼？"

事情变得不可理喻，我指向二号楼和三号楼中间的缝隙："那后面不就是一号楼吗？"

"就犟吧你。"三哥拽着我的衣服，差点把领口拽到肩膀，他力气很大，我简直是被他拎到二、三号楼的后身。

我傻眼了。除了一大片长势茂盛的荒草，这里空空如也，根本没有建筑物的影子。

"来，你说说，咱俩到底谁喝多了。"

三哥趾高气扬地看着我，到目前为止，这一切对他来说就像酒后打的赌，无关紧要。但对我来说，我几乎经历了一次认知崩溃，我开始回忆，到底有多少回忆是真实的。我开始往二号楼门口跑，只想跑得更快一点，军大衣、工服在此时都成了累赘，我一路跑一路脱，回到二、三号楼中间的缝隙时，上半身只剩一件毛衣。三哥在后面一路捡一路追："我他妈就没见过喝完酒睡一觉起来还耍酒疯的！"

我揉揉眼睛，从这个缝隙望过去，二、三号楼后面确实还有一栋建筑。我平移了几步，再看，终于发现了端倪。

作为全厂区最高的建筑，机关大楼显著地矗立在那里，不论从厂区的哪个角落都能被第一眼看见。正是这个楼体和采油设备组合起来，在二、三号楼缝隙的光影交错中，形成了背后近距离处还有一栋建筑物的错觉。

"是你看错了吧，不是我骗你吧。"三哥来到我身后，递上我的衣物。

我仍然无法接受这个结论，值了这么多次班，我一直认为的三栋楼竟然是两栋？就算缝隙这里有视觉误差，那其他位置怎么解释？上班下班，我不知道要在值班室和二号楼之间走多少回，那栋一号楼怎么就像钉子一样扎进了我的认知之内？

我从三哥手里接过衣物，随手丢在地上，一屁股坐了上去。

三哥摘下雷锋帽，露出油光锃亮的头发，他挠了挠，满脸错愕。

"你到底咋了？不就是一栋楼吗？看错了就看错了呗，谁喝完酒没干过傻事儿啊。"

我伸出手指头，抬着头跟他掰扯。

"三哥，我问你，一个地方，只有二号楼和三号楼，没有一号楼，你不觉得奇怪吗？

"再说，就算我宿醉未醒，但这都睡了一觉了，走的路我还是能记清的，我清楚地知道我从宿舍楼出来之后是右拐的，光用喝太多了来解释，我接受不了。"

"你小子不见棺材不落泪是吧，我非得让你'死'个明白。"

三哥也跟我犟起来了，"你先跟我回值班室，等这班过去，我带你去找个人，你也是一晚上经历太多事了，不刨根问底心里一直有个结。"

除此之外，一路无话，我们回到值班室。等了一会儿，另一个跟三哥轮班的人来了，他看着比我还小，我们两个分别跟三哥轮班，彼此之间挨不上，也就是说，我们都是三哥的替补。因此我和他只有一面之缘，甚至都不知道他的名字。

三哥嘱咐了一遍工作流程，就带着我离开了。

"带你见见你师父的师父。"

四条主干道将厂区分隔，然后汇聚于中间的转盘，转盘中央是石油工人王进喜的雕塑，这里被称为石油广场。绿化区域都是精心设置的，有些绿化带中间不可避免地要安装变压器一类的设施，也被贴心地做成了小蘑菇的形状。

"三哥，为什么大家在厂里基本都选择步行？距离是不远，可以不开车，但没必要连自行车都不骑吧？"

三哥听完，推了我一把，我差点滑倒，"雪地冰面上，你觉得是一双鞋稳还是前后两个轱辘稳？"

我又问："采油厂的大街上人一直这么少吗？还是因为现在是上班时间？"

"这你要分跟哪儿比了，我工作了这么多年，我还觉得这儿人多呢。"

一路上，踩雪嘎吱嘎吱的声音相伴，在石油广场旁边的休闲区，我见到了三哥的师父。

跟他打招呼时，他正在操练健身器材。那些器材跟我印象中的很不一样，颜色深了很多，也没有胶皮一类的保护措施，就是铜铁铝焊成的。三哥的师父把脚固定在器械上，正在仰卧起坐，脑袋就撞在钢管上，声音很大，我光听着都觉得疼，他却面无表情。

看见三哥，他起身，三哥直接给了一个熊抱，把我拉过去，说："叫师爷！"

"师爷！"

"刚买的烟呢？别藏着了，给点上。"

师爷精神状态很好，矮壮矮壮的，非常敦实，听三哥说，他退休十来年了，那起码得有七十多岁了，但无论头发还是胡须都非常浓密，且没有一根白色的。

他拍了拍我的肩膀，大手非常有力："这么好的孩子，跟他干保安，可惜了。"

三哥和他互相撑了几句，缓缓进入正题，听完之后，老者一指我，说道："这孩子确实是喝酒喝多了，从建厂那天开始我就在，从来没听说过有一号楼。至于你说的为什么编号上有二有三没有一……有的建筑还没有四层呢，有的地方有北二街北三街还没有北一街呢，与其把精力消耗在这种无意义的追寻上面，还不如跟我一起仰卧起坐！"

不知道为什么,"无意义"这三个字让我产生了极大的生理厌恶。

为了不让这种厌恶流于脸庞,被他们两个看出来,我匆匆告别了二人,漫无目的地在厂区内行走。其间,我挑选了不同衣着、不同年龄、给人不同感觉的路人,装作轻描淡写地问了关于一号楼的问题,得到的答案出奇的一致,都是没有。

他们的表情、语气和眼神并非完全的真诚,有的躲避,有的嫌弃,有的干脆边说边加快了脚步,正是这种不完全的真诚让我体会到了完全的真实,他们笃信一号楼天然就不该存在。本来,一号楼的事就该到此为止,一切归咎于那几两劣质白酒。可不知道为什么,我依然认为一号楼一定存在,或者至少存在过,他们只是都忘了而已。

最后,我决定去一个地方。在很多行政单位里,档案馆往往和图书馆并排设立,或就在图书馆之内,厂区也是如此。这是一栋标准的老式国企风格的建筑,半透明的蓝色玻璃从上至下贯通,能隐约看见里面的楼梯,外墙上贴满了白色的瓷砖,在风雪的侵袭下,摸上去有些刺手。整个建筑只有一道门,门上挂着苍劲有力的"图书馆"三个字,显得门侧竖挂着的"厂区档案馆"非常寒酸。

我给门口的工作人员看了保卫科的铭牌,简单登记后就被放行。在千回百转的书架之间穿梭,我终于找到了自己想要的一栏,可写着"厂志"的门类下,书架空空如也。

我呆立了一会儿,问工作人员:"厂志这栏怎么是空的?"

"都被借走啦。"

"你们的档案可以外借?不都是在这里查看或记录,看完就放回吗?"

"厂志又不是档案,是书,书怎么不能借?"

"那能给我看看出借记录吗?我有很重要的疑惑,只有厂志可以给我解答。"

工作人员白了我一眼:"怎么?当保安没意思,想来图书馆坐班?一边去!"

再没任何渠道能证明今天我经历的一切。

我沮丧地走在厂区内,直到华灯初上,才从思维的泥沼中探出头来,发现自己走到了厂区俱乐部的门口。今天可能有好电影要上映,这里已经有不少人排队,好几个年轻人大声讨论着影片主演的现实生活。我对演员这个职业产生了好奇,不知道他们有没有在某一刻把电影当作了现实,因为我最近经常会感到混淆,我总觉得我的现实像是一场电影。每一个我眼前的人都是演员,我经历的一切都是情节,而我是唯一的观众。

或者我也是演员。

俱乐部门口有一个跟石油广场占地面积差不多的空地,空地最外侧有一盏灯柱奇高的照明设备,顶部呈圆盘形。一根水管从俱乐部里接了出来,水就放在空地上,很快就形成了一片冰场,租冰刀、冰鞋和冰车的人大声叫嚷着抢生意，买卖最红火的却是角落里卖冰棍的。一个普普通通的箱子，不需要额外的措施，冰棍也不会化掉。

人们玩着，闹着，笑着，推搡着，拥挤着，排列着，众生是如此的鲜活，但我相信，他们每个人心里都藏着一栋一号楼这般的难解之谜，在剧本的最后一页，真相一定会揭晓。

在此之前，所有的剧情，都只会一遍一遍地重播。演员们乐此不疲，我不知道他们到底有没有读过剧本。如果读过，为什么他们不像我一样，对心底的难解之谜产生一点点好奇？

不过也好，我也可以把今天凌晨我经历的一切再重播一次。我买了酒菜，回到值班室，并没和当值人员有更多交流。一杯一杯，喝到凌晨四点左右，我摇摇晃晃地站起身，推门走出去。

不远处，依然只有二号楼和三号楼并排伫立着，像两个守护着秘密的卫士。

如果用雷锋帽遮住耳朵，我主动闭起眼睛，将五官对外界的敏感度降到最低，纯凭肌肉记忆向宿舍楼走去，是否就能到达那栋一号楼？

喝下第一口酒之前，我是这么想的，但等离开了值班室，冷风一吹，我发现那些酒精似乎蒸腾成了具有实体的黏稠物，不停拉拽着我的眼皮往下坠，根本不用主动控制什么，我的五官已经不灵敏了。

世界仿佛变成了一把不停旋转的伞，我就被罩在伞中，跌跌撞撞地走着。东西南北？廊灯亮没亮？我碰到的少妇是否是真实存在的？为什么她的帽子会在我这里？

一切都不重要了，仅仅是维持站立的状态，就耗费了我身体的全部机能。

人喝醉了之后，总会做一些清醒之人看起来非常滑稽的动作，这些动作被认为是醉酒者证明自己没喝醉的方式，其实，醉酒者只是靠这些动作绷紧自己仅剩的那根弦，和那些不断被身体分解的醇类与醛类进行对抗。

比如：我居然准确地数出了从一楼到四楼的台阶数量，一共九十六级。

站在宿舍门前，我花了近一分钟才把钥匙对准锁孔，扭动钥匙，拔出钥匙，撞门而入。

铁架床还是铁架床，毛巾还是毛巾，脸盆还是脸盆，窗外的黑夜依然漆黑如墨。然而，目光所及之处，宿舍的所有墙壁之上都贴满了密密麻麻的照片，像是冲印照片的暗房。

我再次进入一号楼了。

肾上腺素开始和混沌的神经斗争。我感觉像是被人泼了一盆凉水，浑身哆嗦了一下，大脑略显清明，下一秒，又像是被人扔进了桑拿房，水分瞬间蒸发，黏腻感再次将我包裹。我的心脏不断敲打着我的胸腔，血液像海浪一样涌入我的大脑，拍击着岸边，我的耳边嗡嗡作响，这声音好像不是来自我的体内，而是来自遥远的海上。

不能睡啊。我强撑着，靠近左手边这堵墙。墙上整整齐齐，像贴瓷砖一样，贴满了数以百计的一寸照片。上面并不是某人的半身像，而是各种各样的时间记录仪器。

铜壶滴漏、沙漏、浑天仪、挂钟、怀表、机械腕表、石英腕表、电子腕表。每张照片上代表的时间并不相同，没有明显的时间顺序或逻辑关联。我看着它们，在血液涌动的作用下，渐渐产生了时间流逝的错觉。耳边的低语停止了，在寂静的夜里，我只能听到指针走动的"嘀嗒"声。我扭过头，看向下一堵墙。

不少照片都贴在了窗户上。照片的比例发生了变化，16:9，是电影放映的尺寸。所有的照片内容都像是影视拍摄中的空镜，有我学前期游玩的公园假山、小学那跑道只有200米长的操场、初中教学楼顶层锁上的大门、高中偏僻的小树林、大学的天文台……还有几个地点，我隐约知道自己肯定去过，却怎么也想不起来它们在哪儿。

我按住脑袋，希望海浪平息一些，转向了下一堵墙。

我终于看到了我自己。

无数个我，无数个各个时间段的我，被框在4:3的各个场景之中。如果把我到目前为止的人生比作一面镜子，那么这堵墙上就贴满了镜子被打破后的碎片。

在其中一张照片中，我看到了孩童时代的自己，有气无力地坐在椅子上。我的手边放着可供擦拭的酒精，腋下夹着体温计，面前站着一个穿着怪异的老者，正准备把一张比我的脸还大的黄纸贴上我的面门。

这个场景直击我的大脑深处。直到现在都是这样，只要我发了高烧，在半梦半醒的混沌期，我总觉得自己变得特别渺小，而眼前总有一个完全能遮蔽我视线的庞然大物向我飞来，我虽然看不清它到底是什么，但我总觉得自己会被它完全吞噬。

在另一张照片上，我看到了小时候和母亲住过的屋子，客厅杯盘狼藉，所有值钱的物品都被洗劫一空，门口拉着的警戒线预示着警方已经介入。但我从来不记得家中遭过贼，只是成年之后还会进入这样的梦境——母亲搂着小小的我，蜷缩在一个盒子里，透过唯一的气窗，能看见盒子外有一个巨大的阴影正在慢慢靠近。

与其说这些是照片，不如说它们只是我的记忆碎片，这些画面没有摄影师，我是唯一的记录者。我现在可能是在做梦，梦是潜意识的显现，有的画面我还记得，有的我已经忘了，有的随着岁月流逝不断磨损，而我可能就在心底的某一处暗房，对着这些照片修修补补，直到这些记忆，逐渐变成谣言。

我转身望向门的方向，那是最后一堵墙。仍然是我的照片，但区别是，我记得它们是谁拍的，我想我永远都会记得。

我突然一个踉跄，扑在门上，带倒了许多张照片。我慌乱地蹲下，想把它们拾起，重新贴回墙上，却发现了一张我和学姐的合影。

看背景，这确实是那个村落的地势，可由这个角度展现出的周遭景色，我却完全没印象。我和学姐到过这个地方吗？还找人用学姐的相机给我们拍了照？

我的思考没能持续太久，就被隔壁乍响的声音打断了。那声音非常尖锐刺耳，就像有人用指甲挠黑板，他先是隔一秒一挠，接着频率越来越快，直到指甲在黑板上留下不间断的痕迹……

不对，那根本不是挠黑板的声音，而是瓷制品摔落在地后不停滚动的声音。

鬼使神差，我拉开门走出去，站在隔壁门外，透过气窗，我看到了门内的惊悚一幕。

在我夜巡前找到我，问了几个怪问题的怪人，此刻双目微阖，嘴角带血，瘫在一把椅子上，似乎失去了意识。而一个陌生男人赤裸着上身，浑身是汗，忙前忙后地要把怪人的四肢都捆在椅子上。

那个瓷盆静静地躺在地上，似乎摔掉了一个碴。

霎时间，那个陌生男人似乎感觉到了什么，他猛地一回头，我们的视线透过气窗发生了交接。

我赶紧蹲下藏好，观察了四周后开始安慰自己，走廊里并没有开灯，他应该看不到我……

然而，我忽然想到，他的房间也没有开灯。而且，我刚刚进入自己的宿舍时，根本没有做过开灯的动作，却能清晰地看到那些照片。

在一号楼里,看东西不需要光。

我的酒一下就醒了。

壹叁

我现在离开了一号楼,朝着机关大楼的方向飞奔,保卫科的总值班室就在那里。奇怪的是,我印象最深的不是门里的怪人和陌生男人,而是一号楼的走廊。这或许来源于潜意识的自我保护机制,它倾向于将那些刺激肾上腺素分泌的事淡忘,辅之以植入无关紧要的细节。我清晰地记得,走廊的墙壁白中泛黄,表面的漆裂开许多口子,每隔几米,一扇深绿色的宿舍门就会把墙壁隔开;墙壁下的踢脚是瓷砖,其中一半都碎了,露出内部的混凝土,就像一个人狰狞的伤口;地面的材质很奇怪,像记忆中的小学教室,踩上去给我一种水泥地的质地,看起来却有大理石一样的纹路。两侧凹凸不平的墙壁、鳞次栉比的房门、略显残破的踢脚,和地面一起,汇聚于走廊尽头那扇半人高的廊窗之上,近大远小,是如今网络上摄影师们最爱营造昏暗景深效果的地方。

我脑海中闪过无数这样滑稽的念头,但实际上过去的时间并不长。当我站在保卫科科长的办公室大门前,我的意识突然回笼,从荒唐的细节感知中觉醒,终于想起自己跑到这里的目的。

在那个缥缈的一号楼中，我发现了和自己二号楼宿舍一模一样的屋子。那么，在这间屋子隔壁发生的事，会不会也是二号楼相同位置房间的投射呢。

怪人已经够怪了，我不明白为什么有人会绑架他。我自知我完全无法对抗那个陌生男人，因此，我必须向保卫科求助。

我火急火燎地撞开大门。

一张实木桌子，我估测主人肯定有强迫症，按照平行与对称原则，摆放着一个烟灰缸、一个茶杯，以及两部电话，一黑一红。

实木桌后面是一把可旋转的老板椅，中年男人背对桌子，侧着头，红色电话夹在左半边耳朵和肩膀之间，他左手拿着烟，右手握着钢笔，在摊于双腿的笔记本上唰唰速记着什么。

在实木桌的另一头，并排放着两部皮质沙发椅，扶手很宽。经过长年累月的浸染，它们散发出一股烟草和茶水混合的味道，有了自己的性格。

沙发椅前是一张玻璃茶几，全黑色的玻璃。

此刻，我就坐在沙发椅上，两个胳膊肘拄在茶几上，双手深深插进头发里。

那边的电话终于接近尾声，我抬头，皎洁的月色透过窗户洒在我的脸上，我猜我现在的脸一定极白，惨白。

科长转过椅子，面朝我，将听筒放回，又调整了两个电话摆放的位置，以求它们一丝不苟地对齐，笔记本摊开，放回桌子上，才点头示意我可以开口了。

是的，距离我撞开科长办公室的大门已经过去了五六分钟，可门里肃杀的气氛与我心中的焦躁格格不入。

"科长！"我大声说道，"赶紧派人去二号楼看看啊，再晚就来不及了！"

科长缓缓张口，语调中带着不屑。

"你知道我为什么一定要打完这个电话再跟你沟通吗？"

"为啥？"

"我在等你酒醒。"

"我早都醒了！"

"你觉得在我这个位置的人，会听一个酒蒙子提供的线索吗？而且，这个线索还建立在一个全厂人都看不见的不存在的宿舍楼上。"

"行了领导，我知道你什么意思了。不想扛事儿就说不想，不要拿我喝多了当借口，我要是不喝酒，还真发现不了这起绑架案。"我起身站到科长对面，"那你起码告诉我一下，住在我隔壁的人，他的基本信息和情况吧。"

科长拿起茶杯，对着杯沿吹了一圈，轻轻嘬了一口，把茶叶吐了回去。

"那人住在你隔壁，也不住在我隔壁，他的基本情况我怎么会知道？"

我竟然一下被他说得无语了，过了好一会儿，我才接话。

"住在咱们厂区里，他的身份信息难道没有记录吗？"

"你呀，还是不了解厂区的情况。"

科长用他独特的口音，给我上了一课。

厂区的位置到底有多偏呢？

从最近的人员密集区再朝海边走，翻过两座简易堤坝，跨过那条一年有一半时间都是汛期的河，钻进茂密的芦苇荡中，一直走到柏油路的尽头，路旁出现一个歪歪扭扭的牌子，上面用红漆歪歪扭扭地写着"采油廠"（厂还是繁体字），文字后面跟着一个歪歪扭扭的箭头。顺着箭头，再往海边走十公里，这才到了我们厂区。

工厂所在地大多人烟稀少、经济贫乏。阳光、沙滩，富饶的渔村和火热的产业，经验丰富的舵手与健美敦实的游客……这都是作为旅游胜地的沿海地区。但是，在以前，大部分沿海地区的底色是穷苦，没了中原地区的滤镜保护，无法耕种的盐碱地、船只难行的深滩涂和贫瘠危险的大沼泽极度压榨着人类的生存空间。

"穷山恶水出刁民啊。"科长叹了口气。

科长见我皱着眉头，又给我举了个例子。厂区周围零散地住着一些无业游民，房子大多年久失修。这些人不知道从哪里偷来或抢来了建筑用沙，就堆在自己的房前，等哪里漏风漏雨了就用米糊熬成胶水和沙子一起和成泥，简单补一补继续住人。

汛期时，这些堆放的泥沙总会顺着雨水流到其他人的屋前，其他人便心安理得地把它们据为己有，纠纷由此产生，械斗几乎不停。然而，这属于周围最不恶劣的治安事件之一。

厂区需要大量人力。蒙着绿皮的长鼻头卡车像倒豆子一样一拨一拨运送来自全国各地的工人进入厂区，身份本就非常复杂。那些周围犯了事的人为了避免被报复或被抓捕，总能找到空隙钻进卡车，只要在厂区做一天工，他们的身份就完成了洗白。

久而久之，厂区开始"远近闻名"，那些来自遥远外地的身份不明者也愿意在厂区做工暂避风头。对劳动力的渴求和对麻烦的躲避让保卫科睁一只眼闭一只眼，除了正式职工外，其他人基本不做身份登记，这就把人力资源的管控成本降到了最低。

这些工人中，有的根本干不长，来无影去无踪；有的干了很多年但从不跟任何人打交道——住在我隔壁的那个人，就是这样一个缄默者。

"得了吧。说了这么多，还不是给自己尸位素餐找借口。"我摆摆手，转身就要离开，"领导你不愿意帮忙我就自己去。反正我生是保卫科的人，死是保卫科的鬼，你管理的人要是一命呜呼了，我看看你其他的手下怎么看你，我看看三哥怎么看你。"

科长依然在喝茶，这种激将法对他毫无作用。我叹了口气，正准备自己回到二号楼看看，可刚走出门就又折了回来。

"哈哈，想通了吧，你又何必管那些事呢！"科长露出市侩的笑容。

"倒也不是。"我指了指科长背后的书架,"那本书,我能看看吗?"

《厂区土地第二轮分析报告》《铁人王进喜传》《钻探设备检修流程》等等专业书籍中间,夹了一本我梦寐以求的《采油厂厂志》。

厂区真的有一号楼。

厂志极其晦涩,写它的人应该是个老学究。

二三十年前,采油厂开始筹建时,工程队就通过计算锁定了这片芦苇荡,因为这里正是地下石油储量最多区域的中心圈。但当他们准备动工时,竟发现芦苇荡中间已经伫立着一间平房,建筑所在点位和计算结果丝毫不差!

周围没有任何人说得清这间平房的来历,好像它的存在早于人们的集体意识。更奇怪的是,在人们的形容中,它的外观似乎会随着时代变迁而进化。白发苍苍的老者,声称自己第一次看见它的时候,那是一间木制房,年轻力壮的人却说,自己第一次见它,它是砖瓦房。

工程队决定拆除它,然后在同一个位置建造采油厂,可在勘测地基时又发现了新问题。

与平整的地面不同,这个中心点多年前应该是一个内海的海沟,沧海桑田,海洋褪去形成半岛,表层看起来波澜不惊的位置,一锤子下去竟然凿出来了水。结果层层上报,公文批示又级级下达：中心点的地质环境，只能建造地基较浅的平房，不建议进行楼体铸造，厂区可以围绕此平房展开修建。

于是，拆除计划暂时搁置，但正在施工中的另外两栋宿舍楼却没改名，延续了图纸上的名称，被命名为二、三号楼。

这个小插曲没有耽误施工进度，二、三号楼跟采油厂大部分建筑一样，按时竣工，投入使用。一两年之后，上层总觉得这间平房空着有些可惜，便采取内部招标的方式计划商用。

最终，这间平房租给了采油厂第一代御用摄影师一家。

与玉田、大庆和格尔木类似，采油厂的人员构成非常复杂，职工基本都是从各地抽调的精英，他们之间不存在地域歧视，繁杂的方言也在工作配合中逐步统一为了带点北方口音的普通话，摄影师一家也不例外。他们家世代画家，十九世纪中期，照相机传入中国后，这一脉开了全国第一批照相馆，后来又随着时尚业发展，进化成了摄影师。

开业那天，平房揭牌，低矮的房檐下只悬挂着两个大字——影楼。

婚丧嫁娶，金榜题名，采油厂的职工成了全国第一批能够用动态影像记录人生大事的公民。影楼一时风头无两，连厂长给女儿办婚礼，上门请摄影师都要带上两条好烟。

然而，好景不长，附近那条大家都以为像死火山一样休眠的大河突然发了怒。

采油厂毗邻海边，三角洲地质最大的问题就是排水艰难，一旦发生洪涝必然海水倒灌。

最初，官方的通报，洪水五年一遇，不出半个月，这个数字便层层加码，十年一遇，五十年一遇，百年一遇……淡水和海水漫过采油厂的道路，北大门上"扬帆起航"的浮绘居然真的漂在了水上。

好在厂里对此有多个应急预案，居住在三层以上的职工没受什么影响，其余职工也都在采油设备或机关大楼里暂时安置——

除了摄影师一家，很多笨重的摄影器材是他们无法搬走，也舍不得泡水的。

于是，他们决定和全部家当一起，战斗到最后一刻。

直到一天早上，接连几天的暴雨终于停止，天空一片晴朗，职工们却发现，原本的影楼已经被冲刷成了平地，摄影师一家连同设备全都不知所终。几日的寻找无果，大家只能判断，他们和家传的行当一起汇入了汪洋大海。

厂志中还记录了一个吊诡的番外，这本来不应该出现在这种文风的书籍中。

二号楼，和那片野坟所在的区域，是遭受洪灾最为轻微的地方。

野坟旁边就是水泡，按理说，遇到洪涝，它们应该首当其冲。二号楼和三号楼的建筑制式完全相同，连施工图纸上的标高都一致，所以这简直不可思议，三号楼受灾严重，二号楼却置身事外。

没人能找出合理的解释。

洪水退去,采油厂作业逐渐恢复正常,从领导层到普通职工,再也没有人提出要在一号楼原址大兴土木的建议。

影楼,一个冥冥之中自有天意的名字。

我经历中的一号楼,多像二号楼的影子啊。

有厂志背书,我愈发觉得自己的判断正确,离开保卫科后直奔二号楼。

天亮了,麻雀稀稀落落的叫声衬得整个世界比深夜时还要寂寥。

我来到自己宿舍那层,刚朝隔壁走去,就听见门里传来对话的声音。

"你好,你要做什么都可以,但我还是要再次告诉你:我们不是坏人,我是来帮你的。"

这是那个怪人的声音。

"你从这个世界上消失,就是对我最大的帮助。"

一个陌生的声音。

我直接推开隔壁的门。

那个陌生男人回头看向我——不,现在不能说他陌生了,在一号楼之中,我们曾经有一面之缘。

搜遍整个记忆,我都找不到这个中年男人的五官和脸型,但我对此人的神态竟有种说不出的熟悉感。

房间内根本没有怪人的身影，椅子上空空如也，麻绳、胶带、螺丝刀和电工钳散落一地。

男人不再赤裸上身，他穿上了怪人的大衣，戴上了怪人的雷锋帽，那个瓷盆准确地夹在男人肘内，边缘豁了口，应该是摔的。

果然，我在一号楼看到的一切都是真实发生过的。

男人张开口。

"果然，你还是来了。"

我根本没反抗，或者说，对于男人而言，我的反抗根本不算反抗。

现在，我代替了怪人，坐在椅子上，四肢都被麻绳绑了起来。

男人却没有进一步动作，他像没事人一样，刷牙，洗脸，还细心地把毛巾叠放到晾衣竿上。

我尽量平静地说："我要问你几个问题。廊灯、消失的女人和那座野坟到底是怎么回事？"

他依然忙活着手上的事："你经历的事情，我怎么可能会知道？我只知道那些我经历的事情，但你也应该已经知道一部分了。"这个时候他终于抬头看向了我，"那些事，或许你该问问他。"

他指了指我坐着的椅子。

"可惜，你们永远无法对话了。但这样也好，很多事情你本来就不必知道。知道太多，不是一件好事。"

和他四目相对的时候，我本能地把视线移开。在他的注视下，我好像失去了所有秘密，结合他的行为和他说过的话，我产生了一种错觉——好像在这个世界里，他代表着一种权威。

我看向他，接着问："还有，我发现在这个世界中，我根本没有需要完成的任务。那么灯绳在哪里？我该怎么离开这里到下一个世界？"

男人怔忡了一瞬，他的脸上露出玩味的神情，好像在打量一件意想不到的礼物。接着便轻笑起来，盘着腿坐在我面前。

"原来在你的视角里是这样啊。"

"到达世界，完成任务，离开世界，之前不都是这样的吗？"

他面无表情地盯着我看，看得我心里发毛。

"这样吧，我问你一个问题吧。"男人拍了拍手，直起了后背，神情轻松，"我和那个人搏斗的时候，我回头发现你就在门外，可当我推开门的时候，你已经不见了。我上下找了一圈，你根本不在楼里，你是怎么做到的？人类不可能跑那么快。"

我简述了一下一号楼的事情，并说："我们确实见到了，不过那不是物理层面的'碰面'，你可以理解成潜意识的交流。"

"影楼吗……"他若有所思地点了点头，站起身来，点了一根烟，"那我来回答你的问题吧。这里没有什么目的，更没有什么任务，来来去去，进入和离开每个世界从来都由不得你。至于你到底要做什么……你好好记住这里发生的一切就可以了。"

他的手中突兀地出现了一根灯绳。

"除了那栋楼，你要忘记那栋楼。我知道你会怪我。"

灯绳拉动了。熟悉的失重感再度袭来，意识渐渐离我远去。

"这一切都是为了你。"

坠

落

壹肆

当黑夜在转瞬之间坠落,人们总会忘记黄昏曾悬置了多久。

不知道什么时候,窗外的天已经黑了。但好在屋内还有一盏油灯,它可以暂时帮助这间小屋抵御黑暗。

这张床有点小了。我盘腿坐着,我低下头,看到你在我怀里,但你背对着我,我看不到你的脸。

我错过了好多,我错过了你的出生,错过了你的第一声啼哭,错过了你说的第一句话,错过了你的第一次走路,错过了你的一切。你错过了我的道歉。你是什么样子的呢?这么多年,你一个人经历了些什么呢?

一阵风吹过,你往我怀里钻了钻。火烛开始摇曳,烛芯燃烧与蜡油熔化的焦味溢到空气里,让屋外的夜色也变得不安分起来,我抬头,看到天花板上的一角,那里有一块残留的黑暗。

"你不能永远逃避你的命运,"它说,"我等你好久了。"

"我知道,所以我回来了。"我认识它。黑暗里的那双眼睛死死地盯着我,然后它终于发现了你。

"哦,原来是这样。"

"和他无关,你是来找我的。"

"现在不是了。你知道的。你已经没资格了。"

我低头看着你,还是看不见你的脸。你承受不住的,我知道。一切的缘起是我,是我逃避了我的命运,我不能让你承担我的过错。

对不起,只有唯一的办法,无论我做什么,都是为了你。

"我没有选择。"

又是阴天,我已经不记得上次看见太阳是什么时候了。

四周是遮天蔽日的树木,大多是生长在秦岭淮河一线的种类,它们近乎疯狂的长势和阴沉的天气极不匹配,让这片森林陡生妖冶。植物太多了,气生根和低生态位的灌木苔藓像大雪一般覆盖整个大地,只能看出一条隐约的路径,那是人踩出来的。

此刻,我就站在路径的起点。我背后有一扇门,门后是一座电梯,通往地下。你在这片浩瀚的森林里很难看见这个小隔间,它太不起眼。你也很难相信这座电梯能带你通往地下那个广阔的空间,那个我为这个世界工作的地方,那个叫做"第三司"的地方。

走到路径的尽头,这里有一间二层小楼。外墙的漆面已经泛黄,大门两侧的立柱像是被轰炸过,窗户都被封死了。小楼崭新的大门显得有点格格不入,我走过去,靠在门上,掏出打火机,给自己点了一根烟。每一根烟都是第一口最好抽,后面都只是不断重复一样的动作而已。每一个夜晚都很漫长,最开始我只是不想入睡，因为我不想做梦，后来我开始失眠，清醒又成了一种折磨。

我掐灭烟头，输入密码，愉悦的音乐声提示锁已开。

这里是我为自己工作的地方。

我推开门，走进去。

屋内的主体是一个巨大的组合设备，由多个曲面屏拼接的屏幕、环形操作台和一台巨大的3D打印机组成。剩下的地方，几乎被各类资料和箱子占满。有些装订好的A4纸放在摇摇欲坠的书架上；更多大尺寸的图纸被装入箱子，随意地叠放在地面上，让屋内几乎没有落脚的空间；还有照片和透光胶片密密麻麻贴了四面墙，同时起到保暖和提示的作用。

这些资料和保存物件明显呈现出两种不同的特征，一种格式独特，编号鲜明，用军工级别的三防箱保存；另一种装订和记录都非常随意，甚至还有不少手写的标准，也根本没什么保存措施，不少纸箱都破损了，纸张有折叠和揉搓的痕迹，有的上面还有鞋印。

我把手里拎着的三防箱叠放在那些三防箱之上，从中取出一块东西，它由复合材料制成，形状类似3.5英寸的软盘。我把它插在操作台的卡槽之上，整套设备活了过来，冒出幽蓝的光线。庞杂的数据和代码之间，一个进度条从最左侧曲面屏的最左边贯穿到最右侧曲面屏的最右边。

我坐在铁椅上，有种上刑的感觉。

操作台的按钮和触控板之间摆着一个笔记本，一支钢笔插在纸张厚度四分之三的位置，我把笔记本翻开，一页一天，里面是工作日志和个人日记的结合。前半部分的字迹是方正的楷书，从某一天开始，则变成了飞扬的连笔字。那一天，我成了笔记本的主人。

最近的记录中多了一些东西，每页的最后都有一个龙飞凤舞的百分数。昨天的是76%。

我翻开新的一页，开始记录今天的工作，单页纸写了四分之三后，设备响起明快的提示音。我抬头看了看屏幕，在这页的最下面写下了屏幕上显示的数字——81%。

饿了。

水烧开了，我拿出碗面撕开，把料包放好，将开水倒入。

等面的过程中，我随手翻看着操作台上散落的资料。这一份被细致地夹在铅灰色的文件夹中，文件夹表面依然有那个怪异的Logo，里面的内容，由一份货物转运通知单和结果报告组成。里面记录着在一次转运工作中，车辆在山区公路上遭遇严重事故，导致两名转运人员丧生，货物逃逸。事件相关的诸如具体时间、地点的信息已经被涂抹。

这在第三司是很常见的情况。在第三司，几乎没有一件事物不涉及机密，很多文件资料、区域我都没有访问权限。但对于我来这里的目的，我要做的事情来说，这已经足够了。

在这里待得久了，偶尔也会产生我真的是在为第三司工作的错觉。但这里的一切冰冷的秘密都让我感到厌恶，尤其是想到我也曾是这些秘密之一的时候，我感觉自己就像个囚犯。即便我现在的身份不再是囚犯，更像是监狱的看守者。

进度条仍然定格在81%。逆向工程比我想的要更慢，今天一整晚应该最多再走两个百分点。不过没有关系，我可以等，虽然我已经等得够久了。可能是我自己也没有做好完全的心理准备，那一天来得晚，对我而言也是一种宽慰。

"你不能永远逃避你的命运。"耳边响起这句话。

我终于准备开动，可面已经坨了。

又是一天工作的结束。

厚重的手套让我的十指变得非常不敏感，按了好几次才打开小楼的密码锁，我走到操作台旁边，把手里拎着的三防箱倒过来，底部除了一个与目前市面上任何数据线都不兼容的接口之外，还有一个生化标志，我和它静静对视，就像看着一个即将苏醒的恶魔。

据说这个标志来源于守护伊甸园的六翼天使撒拉弗，最早在中世纪的铠甲上便出现过，沿用至今之后，成了生化标志。我对这个标志感到恐惧，和它代表的意义无关。我坚信在人类的基因当中，烙印着一些古老的、原始的、本能的恐惧。

我再次自我检查。三防面具的呼吸阀开启，过滤阀工作正常,身上的防护服没有一丝空隙。我拿起从公司带出的特制数据线,将三防箱和操作台连接在一起,所有曲面屏的自带音响都啸叫起来。

等一切归于无声,我看了看屏幕,在笔记本上记下了今天的数据:87%。

就要结束了。

即使它已经发生了反应,也没人愿意和一个印着生化标志的箱子同床共枕。我急匆匆地出了门,把防护用具和三防箱都留在了公司,再回来的时候,已是汗流浃背。我靠在门上,点了一支烟。一股浑浊从我的肺部升腾而起,我看着手里的火苗,发觉自己好像正在举行一场漫长的仪式。这场仪式并不仅仅来自先天的使命感,而是来自对它的逃避,而我正在通过这场仪式扭转这场逃避。我现在理解了,这种逃避是一种本能,人类总是习惯高看自己,误以为否定命运才能让自己的存在变得更加真实。所以他们总是在逃避,即使他们的存在也没那么重要。

我已经逃避得太久了,我犯了太多错误,这些错误将我推得越来越远。现在我回来了,我掌握了修正这些错误的办法,所以我开启了这场仪式。逆向工程得到的复制品不能永久生效,但这对我来说,已经足够了。足够让我面对它。

你无法承受它的考验,我也无法承受再次失去你的未来。这本来就是我的命运,不是你的。

这个苍老的灵魂将借用血脉相连的年轻躯体,去对抗被诅咒的命运。

你无法承受它的考验,但我可以。

这一切都是为了你。

我只要入睡,就会做那个梦。

自从我离开那里,自从我偏离了既定的轨迹之后,我每天晚上都会做那个梦。无论我什么时候入睡,梦都会开始在黄昏离去的瞬间。我在一间小屋里,窗外已经没有任何光亮,好在还有一盏油灯,但天花板上总是留有一角黑暗。最开始,梦里只有我和它,渐渐地,我也没有刚开始那么害怕了。它只会出现在梦里,我知道怎么样躲开它,它无法伤害到我。我没有什么可以失去的,一切都可以割舍,直到你出现在我的梦里。

我看着进度条,它卡在87%。我感到很累,但仍然十分清醒。我没有感觉到焦虑,我也不知道偶然发生的失眠是由什么导致的,但它就这样发生了,跟其他很多事情一样。

不知过了多久,那些代码和进度条,和我眼里的整个世界都渐渐变得虚无。它们忽近忽远,但仍然像是被无数根绳子捆在原地,直到某一刻它们终于挣脱了束缚,四散而逃。我思考着它们的去向,承受着逐渐加重的无力感。

我猛然惊醒。

看了看时间,我只睡了两三个小时。

我揉揉酸涩的肩膀和腰,起身想给自己倒一杯水。

屋里很乱，我从不收拾屋子，但我习惯把资料和用品摆放在伸手就能放到的固定的位置，这样即使屋里储存了海量信息，我也能在第一时间找到自己需要的那条。比如，我习惯把水杯放在操作台的右边。睡前我习惯喝一口水，然后我会把它放在属于它的位置上，醒来后我也习惯先喝一口水，我即使闭着眼睛也能找到我的水杯，一贯如此。

但现在它在我的左手边。

我把水杯重新摆回到右边，赶紧点击触控板，唤醒了显示屏。进度条定格在87%。

从那一天开始，这样的情况每天都会发生。当我醒来时，进度条会回退，但逆向工程不会停止，所以也仅仅是延后最终完成的时间而已。最开始我曾恍惚地以为自己记错了每一天的进度，但笔记本上的记录不会出错。也不可能是我对完成的渴望太过强烈而产生了错觉，混淆了梦境和现实，因为我只会做那一个梦。是我自己在梦游？其实我的潜意识是在畏惧那一刻的到来，是我自己回退了进度？是我还没做好心理准备？水杯位置的变动又怎么解释？有人来过这里？

这个屋子只有我知道。我在第三司里跟其他人没有工作之外的任何交集，其实那里几乎每一个人都是如此，这恰合我意，我的身份暴露的风险小了一些。当初来这里是一步险棋，我了解这里在做什么，至少了解一部分。这样的工作环境理应配备极其严格的安保和等级系统,但这里有我需要的东西,所以风险是值得的。我顶替了他的身份,怀揣着不安回到了这里,这里跟我记忆里几乎没有区别,但这一次我已不再是曾经的我。这里的确等级森严,这个身份所处的级别仍然受到很多限制。我几乎不需要和这里的任何人打交道,我的工作直接汇报给总管,即使这样,我也从未见过总管本人。我其实未曾想过这一切会如此顺利,但迄今为止,我没有受到任何的阻碍。

又是新的一天。我努力睁开双眼,昨夜没有失眠,我很早就入睡,但醒来仍然身心俱疲。我来到操作台,在右边发现了我的水杯,和昨晚一样。我打开屏幕,进度条显示98%,没记错的话还是回退了,不过现在整体进度加快,到达100%只是时间问题。

回退了几个百分点来着?我打开笔记本想要确认。这段时间我的睡眠越来越差,精神越来越难集中,不过最复杂的工作已经收尾,剩下的大多只是等待。

笔记本上前一天的记录已经被黑色的墨水全部涂掉。我往前翻,发现每一页都如此,我盯着被遮盖的工作记录发呆,好像墨迹背后隐藏着不可知的古老秘密。我从前往后又翻了一遍,好像这样可以捕捉到一页漏网之鱼。然而一切都是徒劳,我留下的记录,没有一页幸存。

是谁?有人进来过?我将整个屋子搜寻了一遍,却一无所获,门窗也都没有被损坏的迹象,小屋里只有我一个人。我伸出手,发现手掌和手指都有墨迹沾染的痕迹。

是刚才沾染上的吗？

我回到操作台前，打开笔记本，又从头翻了一遍。当我翻开最新一页时，发现昨天晚上毁掉这个笔记本的人，在这里写下了一句话。

"记住你是谁。"

我一眼就认出了这句话是谁留下的，这个笔迹我再熟悉不过了，我绝不可能会认错。

这是我的笔迹。

今天晚上，进度条就能到达100%。包括回退在内的一切异常状况从未在我清醒的时候发生过，只要我不睡过去，我就能见证这一切的完成。

我很累，很困。我来这里已经多久了？逆向工程持续多长时间了？在此刻这一切好像一辈子一样漫长。白天醒着的时候也像在梦里一样，甚至我在那个被油灯照亮的小屋里的时候，在抱着你的时候，在和它对视的时候，我还要更加清醒，好像那边才是现实。至少在此刻，我无比希望自己能拥抱现实。

但这一切都是为了你。

困意袭来，双眼好像有千斤一样沉重，眼前的世界像是起雾一样变得模糊，显示器的光亮和背后的黑暗渐渐交融，我被混沌吞没。在这死气沉沉的雾气当中，我的眼前好像出现了一个人影。

不能睡。

我猛地睁开双眼,感到一阵晕眩。这不是刚从睡梦中醒来时,困意还未消散的恍惚,而是错愕和恐惧。我的眼前不是那个熟悉的小屋,没有一盏油灯,没有黑暗,没有你,我不是在做梦。此刻我平躺在天花板上,体内有一股不属于我的力量在对抗着重力。我自上而下打量着我的卧室,我看到了床头柜,台灯,拖鞋,床,还有床上躺着的人。我一眼就认出了他是谁,这几乎是一种本能。

那是我自己。

壹伍

体内的那股力量不仅对抗着动力,还对抗着我自己。我动弹不得,我想要发出声音,我想要喊出来,但是我只能感觉到喉咙因为绷紧而微微地颤抖,我甚至不能发出一点沉闷的呜咽。我只能在天花板上做着无声且无谓的挣扎。渐渐地,我接受了这一不可思议的事实——我正在天花板上,床上躺着另一个我。恐惧没有刚才那样剧烈了,我尝试平静下来,打量着床上的自己。

他的表情很平静,看不出焦虑,看不出恐惧,是在熟睡的状态。我逐渐感受到一种困惑,他究竟是谁?这不是对这位凭空出现的双胞胎来历的困惑,而是对自己对他的认知产生的怀疑。像是"完形崩溃",看着一个熟悉的文字却逐渐感到陌生。

这个人是我吗？我为什么会认为他是我？我是在什么时候产生"他是我"这个想法的？无数的问题向我袭来，我头痛欲裂，但疼痛使我感到了清醒，我突然意识到目前所有困惑的本源，不是我对他的认知产生了怀疑，而是我对自己的认知产生了怀疑。

我是谁？

他睁眼了。是刚才突然睁开的？还是他早就醒了，只是我没发现？他看着我，面无表情，刚刚退潮的恐惧再次涌上我的大脑。我又产生了一个新的问题，在他看见我的时候，他认识我吗？他有经历我刚才经历过的困惑吗？我试着从他的表情上读出些什么，但那里像是一潭凝滞的死水，无论下面埋葬着什么，我都只能看见水面上的青苔。

他开口了。

那是我的声音，那是我熟悉的一句话。

"记住你是谁。"

我惊醒了。我从未做过这样的梦。之前的梦呢？它放过我了？它不能放过我。我做的一切就是让它不要放过我。

这一切都是为了你。

我冲到显示器前，打开屏幕，进度条显示为99%。

就快到了，这一切就要结束了，之后是新的开始。它会找上你的肉体，而面对它的会是我的灵魂。我以前逃过，但人不能永远逃避自己的命运，我现在准备好了，我现在回来了。

我打开手机,点进你的头像,准备执行最后一步。就在这一刻我收到了你的信息:

"我想见你。"

我想也没想,立刻回复了你。

"好。"

"在哪见你比较方便?"

我飞快地输入这里的地址,只要我按下发送键,一切就完成了。

只要我按下发送键,一切就完成了。

只要我按下发送键,一切就完成了。

只要我按下发送键,一切就完成了。

我看着手机屏幕怔怔地发呆。我记得这种感觉,等待这个地址的感觉。

我将输入框里写好的地址删除,重新输入了一个问号。

手机在这时传来振动,你发来了一条新消息。

"?"

我想起来了。

像是突然被人扎了一刀,我的腹部感到一阵钻心的剧痛,我双腿一软,差点摔倒。窗外突然在此刻亮起了红光,虽然我确信屋外没有任何路灯,屋里已经是一片红色。我强忍着腹痛,努力保持着平衡,但我渐渐意识到,这阵来自脚下的晕眩,是因为地板真的开始变软,而不是疼痛感带来的恍惚。这种柔软的触感不是沼泽,不是被褥,像是肉体。

我想起来了,我不属于这里。我大口喘着气,双手紧紧压住腹部,强忍着疼痛站了起来。我看到我的脚下开始渗水,我扶着墙,撑住身体,然后努力地向门的方向挪动着步子。墙壁在我的支撑下向内凹陷,每一个我触碰过的位置都留下了一个手印,有水从里面渐渐渗出来。

就快到了。

每一步都好像要耗尽全身的力气。如果我不属于这里的话,我到底是谁?我坚信,只要我打开这扇门,走出这间屋子,我就能找到答案。

到了。

在我伸手触碰到门之前,门被突然撞开。

血红的海水涌入。

我被恐惧吞没。

海水轻而易举地摧毁了我的工作间,我熟悉的一切都分崩离析。挣扎也没用,我被彻底淹没,液体灌入了我的鼻腔,我的喉咙,我的肺,但我没有溺水,没有感觉到死亡。相反,我感觉到了生命,我感觉很温暖,我产生了一种错觉,我想永远待在这里,待在这片红色的海洋里。

海水匆忙地掠过我的身体,我的世界天旋地转,我好像正在逐渐融化。我试着用力，至少让旋转停下，让我知道自己身处什么位置。我终于保持了平衡，但海水流过身体的触感仍然存在。我在不断下坠。我在坠入万丈深渊。

但和我想的不同，深渊不是一片虚无，不是完全的黑暗，它的颜色逐渐淡了起来，伴随着海浪。

那不是深渊，我在远离深渊。我在坠向海平面，我在离开这片深红的海。

世界已然颠倒。

在冲向海平面的一瞬间，腹部一阵剧烈的疼痛拉住了我，我悬隔在了海面上，刚才巨大的冲力让我感觉我的腰椎差点断裂。我抬头向上看，这才发现我的腹部不知什么时候连接上了一根绳子。不对，是一根管道，管道向上无限地延伸，我不愿意去想象它的另一头在遥远的黑暗里与何物相连。我双手握住管道，想要将它扯断，但它的韧性很强，我无论如何都不能对它造成一点损坏。

这加剧了我内心的恐惧。当我握住这根管道的一瞬间，手中传来的触感已经在我脑海告诉了我这是什么。我无法拒绝，无法忘记。

这是一根脐带。

腹部再度传来剧痛，这种剧痛几乎吞没了我的其他一切直觉。

有东西挤了进来。

不属于我的，浓稠的，古老的，沉重感，挤了进来。

我在海平面上挣扎,溺水感再度袭来。我向下看去,如果没有这根脐带,重力将把我带向何处?这个深红世界的下方笼罩在雾气当中,昏沉沉的。我揉了揉自己的眼睛,努力观察着那里,好像有什么东西正在雾里生长。

我等待着,它们终于从浓雾中生长了出来,我这才看清,那是缓慢生长的树枝。我仿佛能听到树枝生长发出的声音,和树枝断裂的"噼啪"一样,它们在浓雾里轰鸣。在树枝冲破浓雾的时候,声音戛然而止。

我意识到那是一片森林,一片不断生长的森林。在森林的包裹下,里面有一个小小的村庄,那里好像刚刚经历过一场热闹的集会,正在享受狂欢之后的孤单。

小屋边的吊床上,我蹬了蹬腿,让自己微微摇晃起来。学姐躺在另两棵树之间,她也在我眼里一点点荡漾起来,穿梭过树荫,越过阴影与阳光。

前一天跟舍友们通宵打游戏,从宿舍到食堂的路上我几乎全程闭着眼睛,直到几个小笼包和一杯热豆浆下肚,我才终于缓了过来。我拿出手机,确认起昨晚班长发在班级群里的信息:教授去外地参加学术研讨会,所以早上的选修课由助教代上。我盖上手机,想着今天会轻松一些,适合补觉。

沿着斜坡拾级而上,离开食堂,我看到透过教学楼缝隙的新鲜阳光，还有空气里的灰尘。

走进教室，我就看到了她。

她穿着一件白衬衫，袖口利落挽起，一条墨绿色长裙蜿蜒在下半身，逆光中能看到她的高马尾随着她的动作轻轻摇晃。

我看着她出了神。

她从树荫透过的光线里忽然回头，问我："在想什么呢？"

"没什么。"

我和她占据了院子里的两张吊床。这是一个值得纪念的夏天，我们来到一个藏在森林里的村落做田野调查——她对当地的少数民族祭祀仪式颇有兴趣。虽然现在不是雨季，但村里仍然被湿气占据，一层薄薄的迷雾总是横亘在我和我眼中的世界之间，而她是此刻唯一的清晰。

我们正在聊着未来。她对我阐述着这趟旅途中采集到的有趣资料。"我以后会成为一个人类学家。"每当谈及这些，她的双眼中总是闪烁着光。这束光像是一座桥梁，联通着她和夜空中的星辰，而当我抬头的时候，看见的仍然是一层薄雾。

为什么？

我畏惧着未来，它像一头难以名状的怪物，像这森林里茫茫雾气的根源。我们可以逆向地描述过去，但只能正向地经历未来。未来是未知的，它没有过去那么友好。

不对，它是可以描述的，既然过去可以，未来也可以。过去是一条单行道，未来没理由不是。我找到了每一个世界的绳子，完成了我应该完成的一切，赋予了我在每一个世界里存在的意义。我做得够好了。为什么？

我想起了那壶没有喝的茶，想起了那辆远去的面包车，想起了身不由己的一次次坠落。

"这一切都是为了你。"有个声音在我内心深处响起。

我做出的每一个选择都是我应该做的，都是我自己做的。这样就很好。我听从指引，跟随那根绳子。我没有困惑，没有焦虑。我在这里很好。这里很温暖，我很喜欢这里。我已经准备好下一次坠落，就和之前的每一次一样。

改变可以改变的，接受不可改变的，他们都是这么说的。我只是一个普通人，我已经做得够好了。不必去做没法改变结果的挣扎，不必去问没有意义的问题，它们会带来痛苦，而这些痛苦本身没有意义。

我再次看向她。

她的眼睛里映照着漫天星辰。

"那我会成为什么样的人呢？"

她说：

"你想成为的任何人。"

我抬头望向夜空。

森林不断地生长，离我越来越近，一根树枝已经刺破了海平面，变得几乎触手可及。我向它伸出了手，它不断延长，最终触碰到了我的指尖。

我折断了这根树枝,用力向脐带戳去,左手奋力将脐带向另一个方向撕扯,脐带终于被我割破了一个口子,黑色的液体从脐带里流了出来,在这深红的海洋里蔓延开来。我松开树枝,两手合力将脐带扯断。

我看着黑色的液体,和脐带一起向海底上升。失重感袭来,我闭上双眼。

我被森林包裹。

我自林中坠落。